講談社文庫

硝煙の向こう側に彼女

武装強行犯捜査・塚田志士子

深見 真

講談社

目次

硝煙の向こう側に彼女

武装強行犯捜査・塚田志士子

プロローグ

世界中が不景気だ。だが、自分だけは儲かればいいという人間が山ほどいる。金のためならどんな手を使ってでも、という連中だ。

賄賂や汚職といった言葉を口に出すのが恥ずかしくなるくらい、そういった行為は公然と行われてきた。湾岸戦争で政治家や大企業の懐がどれほど儲かったかなんて話はするだけ無駄で、それに対する「徒労感」こそが高度情報化社会とやらの落とし穴だ。政府は企業を徹底的に優遇することで不景気がどうにかなるとまだ本気で考えているらしい。――頭の中でそんな思考を巡らせている藤堂遼太郎《とうどうりょうたろう》は、（もっと公務員らしくせんといかんな）と自嘲する。藤堂は、公務員の中でも特に保守的な職場に勤務しているのだから。すなわち警察官。さらに加えて言うなら警視庁警備部の最精鋭――SAT、特殊急襲部隊。

ＳＡＴは二〇名で一個小隊。藤堂は第一突入班長として四人の部下の命を預っている。責任重大な先頭――ポイントマン――は、最も頼りにしている桐谷《きりや》という男。桐谷は、どんな非常事態にも臨機応変な対応ができる男だ。五人で戦術隊形を組むとき、班長の藤堂はたいてい三番目の位置につく。

突入班は、骨伝導ヘッドホンと電子イヤープラグを併用。このイヤープラグは、銃声や爆発音は大幅にカットするが、話し声や自然な音はそのまま鼓膜に届ける、ノイズリダクション機能つきだ。

骨伝導ヘッドホンを通して、デジタル補正されたＳＡＴ小隊長の指示が聞こえてくる。

『全員、気をつけろよ。密告によれば、今日そこにいるらしい武装グループは、韓国で八人も殺したやつらだ』

それはたしかに厄介そうだ、藤堂は不敵に笑った。韓国の犯罪者を、福岡か長崎経由で密入国させる裏商売が存在する。今、複合商業ビルの地下一階に立てこもっている連中も、まさにそのルートでやってきた。外国人の武装強盗団。武装――それもバットやナイフといったちゃちな武器ではない。外圧による規制緩和を受けて、韓国ではすでに欧米の最新鋭の銃器が売買されている。だから、犯罪者たちの装備も豪華だ。拳銃、サブマシンガン、そしてアサルトライフルにマシンガン――。武装強盗団は銀行を襲撃後、逃亡に失敗。すでに、銀行員四人とたまたま近くにいただけの市民九人が犠牲になっている。九人のうちの二人は帰宅途中の女子中学生だった。負傷者の数はもっと多い。

表参道の複合商業ビルだ。地上九階、地下一階。侵入するなり、武装強盗団は建物内で発砲した。このビルの八階にも銀行が入っていたので、そこも「ついで」に襲撃したのだ。それでも警視庁上層部は「交渉による解決」にこだわっていたが、ショットガンで頭部が砕け散った死体が八階の窓から投げ落とされて、それが生放送のニュースで流れてしまってようやく「もはや突入しかない」という結論が出た。完全に遅すぎる決断だ。

藤堂たちの第一突入班は、地下一階の駐車場に配置されている。第二突入班は、隣のビルからロープとスライド式はしごを使ってこの建物に入る。武装強盗団が窓際に近づいてくれれば狙撃班の仕事だ。

班長は藤堂、ポイントマンが桐谷――SAT第一突入班。主武装は特殊部隊向けのアサルトライフル――FN・SCAR-L。合成樹脂を多用した、人間工学を意識したデザイン。弾倉には、五・五六ミリ口径のライフル弾が三〇発。FN・SCARには、カメラつきで暗視装置も兼ねた照準器と、取り外し可能な減音器《サプレッサー》がついている。照準器のカメラで撮影された映像は隊員内で共有され、さらにすべてリアルタイムで指揮本部に送られる。

藤堂たちは、液晶ディスプレイつきのヘルメットと防弾ボディアーマーを着用。ボディアーマーの背中には、折りたたみ型のパソコンとバッテリーが内蔵されている。すべて警察が税金で購入したものだ。ウェアラブル・コンピュータでデジタル化された戦闘要員。自衛隊の先進歩兵戦闘システム、その警察向けアレンジ。

日々増強されていった結果、SATや機動隊の銃器対策部隊、刑事部のSITなど、国内の警察系特殊部隊は総勢四〇〇〇人近くにまで膨れ上がっている。それがすべて兵器産業の「いい顧客」というわけだ。警察も犯罪者も、同じように最新の武器を持って、殺し合う。金を稼ぐのは血を流す現場にはいない人間ばかり。

現在、二〇二〇年代。

藤堂は皮肉をこめてつぶやく。

「どうなっちまうんだろうな、これから」

——階上で銃声——どれほど被害が増えているのか、想像もつかない。

車で逃げるためだろう。武装強盗団七、八人が地下駐車場に姿を現した。鉄筋コンクリートの柱や車の陰に身を隠しつつ、息を殺して様子をうかがう第一突入班。藤堂は指揮本部に「被疑者《マルヒ》グループ発見。人質《マルヒト》なし。全員が重武装」と報告する。

すぐに発砲許可が下った。

「忘れるなよ、胸に二発、頭に二発だ」藤堂は小声で言った。それはスロートマイクに拾われて、第一突入班の骨伝導ヘッドホンで増幅される。「全員射撃開始」

SAT突入班五人のアサルトライフルが火を噴く。フルオートではなくセミオートで、引き金を素早く立て続けに絞る。武装強盗団が撃ち返してくる。サブマシンガンやアサルトライフルの弾丸がフルオートで大量にばらまかれる。武装強盗団の射撃の腕前は素人に毛が生えた程度のもので、弾丸は車に穴を開けたりコンクリートを削ったりするものの、SATの隊員にはかすりもしない。


アメリカ合衆国で、あまりにも悲惨な銃乱射事件が続いた。カルト教団による武装蜂起や、アフガニスタン帰還兵による強盗事件も頻発し、二〇二〇年代に入ってとう本格的な銃規制が始まった。学生・定職についていない人間の銃器所持完全禁止、弾薬や銃器の売買にとてつもない高額の税金、銃器の購入許可をとる審査に筆記試験を導入するなど——。ブレイディ法よりもさらに画期的な銃規制だ。全米ライフル協会（ＮＲＡ）は猛反発したが、その年次集会が乱射事件の舞台となったのを切っ掛けに態度を改めざるを得なくなった（ちなみにその乱射で当時の会長が失明し、幹部一八名が死亡した）。

北米での銃器・弾薬類の売り上げは激減した。企業としては、その損失を何かで埋め合わせなければいけない。そこで「未開拓の市場」として目をつけられたのがアジアだ。アメリカ政府の強力な外交によって、まず東南アジア各国の銃規制が緩和された。「貿易の自由化」「経済の連携による活性化」を建前として、主に一般市民を客層とした。

――銃声が止んだ。上階にまだマルヒが残っているかもしれないが、それを見つけ出すのは第二突入班の仕事だ。地下駐車場に、犯罪者ばかり八つの死体が転がっている。血だまり――その周囲に散乱した大量の空薬莢《からやっきょう》。犯罪者であろうと善人であろうと、血の臭い、腹圧で飛び出した内臓の臭いは変わらない。錆びた鉄と腐った魚を合わせたような臭い。第一突入班はまったくの無傷。一方的に射殺した。仕方のないことだ。重武装の相手に手加減はできない。威嚇《いかく》射撃にはなんの意味もない。最近は犯罪者も防弾ベストをつけていることが多いので、完全に殺すつもりで撃たないと手痛い反撃を食らう。

SATもすっかり銃撃戦に慣れてしまった。厳密に数えたわけではないが、この第一突入班の隊員は平均して五〇人ほど殺している。まさかここまで治安が悪化するなんて、ほんの十数年前は想像もできなかったろう。

「一件落着ですかね」と桐谷。

「すぐに次の事件が起きるさ」と藤堂。

第一章

久しぶりにあの人と会える。

「忙しい忙しい」と言って最近は直接会う機会も減った。忙しいのはこちらも同じだった。

渋谷センター街にある喫茶店で午前十一時半に待ち合わせ。それが彼——稲葉《いなば》人見《ひとみ》が友人と交わした約束だった。しかし前日になってその友人に急な仕事が入り、予定は延期。他にやることもなかったので、結局稲葉は一人で渋谷にやってきた。

昨晩、テレビのバラエティ番組で偶然見かけた文化村通りのタイ料理店が気になっていた。観たい映画もあった。稲葉は、東京地方検察庁・八王子支部に勤務する若い検察官だ。地方検察庁は、地方裁判所・家庭裁判所での裁判を担当する。派手な事件は少ないが、仕事は忙しい。友人と予定が合わなくなったからといって、たまの休みを家の中で過ごすのはつまらなかった。大学生の頃は休日は体を動かすのが好きだった。テニスに夢中でよく日焼けしていたが、最近はすっかり青白くなってしまった。

人には話さないが、法律に関わる仕事を目指したのはテレビドラマの影響だった。犯罪者を弁護する可能性もあるという点で、稲葉は自分には弁護士は無理だと思った。検察官は辛いわりに報われない職業だ。「金を稼ぐなら弁護士だ」と、稲葉は仲間の検察官たちといつも愚痴をこぼしている。稲葉は、派手なハリウッド映画が好みだった。爆発や暴力シーンは、美しい映画、上品な映画よりも心に残る。辛い仕事に苦しめられているぶん、現実離れした物語のほうが気楽に受け入れることができた。

今、稲葉が担当している案件は交通事故だ。ミニバンと軽自動車の正面衝突だった。ミニバンのドライバーは死亡、軽自動車のドライバーは重傷だが生き残った。死亡したドライバーの飲酒運転が原因だと思われたので、単純な事件のはずだった。ところが、死亡したのが東京都副知事の三男ということで話がややこしくなった。稲葉は上司から、殺人未遂と危険運転致死傷罪で起訴状を書けと厳命された。要するに、お偉いさんの家族を殺した人間を許すなという話だ。死んだのが逆なら、こうはならない。憂鬱な案件だ。軽自動車のドライバーは、飲酒運転のミニバンにぶつけられた上に重罪で訴えられることになる。警察は、上からの指示さえあれば、自白の強要、証拠の捏造《ねつぞう》くらいは平気でやる。稲葉は、その片棒を担がなければいけない。気が重い。まともな検察官は、いくつか仕事をこなすうちに同じ愚痴をこぼすようになる。

「こんなことのために検察官になったのではない」と。

警官、弁護士、検察官、裁判官。誰もが、出世を一番に考えている。そうでない人間は居場所がなくなる。本来の目的は失われ、法律に関わった人間は無意味に傷ついていく。稲葉は鉛の息を吐き、気分転換に街を眺めた。たとえ道ですれ違うだけでも、他人の顔を見ると元気が出てくる。稲葉は、そんな得な性格をしていた。

渋谷は、人種と欲望の画材で構成された点描画に見える。重厚な筆遣いではない。短く粗いタッチで描かれている。稲葉も、映画館がなければまず足を運ばない町だ。昼間から風俗嬢らしき女性とその客を見かけて、稲葉は少し笑ってしまった。職業柄、稲葉は観察力には自信がある。最近流行の路上待ち合わせ風俗だろう。客は、もう初老と言っていいようなスーツ姿の男だった。

路地裏への出入り口あたりで、黒人が何やら怪しげな品物を売っている。売る相手は、だらしない格好をしたいかにも遊び慣れた若者たち。昔は繁華街をうろつく若者を不良やチンピラと言ったが、今はどう表現すればいいのか難しい。都会の悪ぶった若者たちに、不良という田舎くさい響きはどうにも似合わない。だからといって、洗練されているというわけでもない。

雑多な町だ。この国が遠くの国の戦争に参加してしまったことも、渋谷で生きる人間はあまり気にしていないように感じる。皆、「とりあえず、今」が大事なのだろう。それに関しては、稲葉も他人のことをとやかく言える立場ではないが。

稲葉は結局一人で渋谷のミニシアターでアクション映画を観た。満足できる内容だった。全米で大ヒットしたが、日本では単館系の上映となった。国が変われば、客の趣味も変わる。ハリウッド映画はテーマは幼稚でも脚本は破綻《はたん》が少なくよく練られているものが多い。

あの国にはリアリティがある、と稲葉は思う。アメリカはさまざまな責任を背負っているせいか、娯楽産業一つとっても根幹を担うリアリティが違う。この場合のリアリティとは、説得力と言い換えても差し支えない。

観終わってから、気になっているタイ料理店に足を向けた。話題の店に一人で入るのは気が重いが、文字どおり背に腹は替えられない。稲葉は、頭の中でテレビで紹介されていたメニューを広げる。グリーンカレーがとくに美味そうだった。自家製のココナッツミルクを使っているという。

センター街から文化村通りに入ったところで、稲葉は挙動不審な人物を見かけた。他人の顔を見るのが好きな稲葉だから気づいた。思いつめた表情の青年だ。文化村通りと青山通りが交わるポイントに立っている。

年齢は一〇代後半だろうか。稲葉は、気づかれないよう細心の注意を払いつつ青年――いや、少年と言うべきか――を観察した。ややぽっちゃりとした、髪の短い少年だった。神経質に、せわしなく左右に視線を走らせている。稲葉が注目したのは、少年の服装だ。今は十月。まだ、寒くはない。長袖を着ていれば十分な程度の気温だ。それなのに、少年はこげ茶色のロングコートを着込んでいる。冷え性の人間が厚着をしているのならともかく、少年は大粒の汗を顔中に浮かべているのだ。この一点だけで怪しいと判断するのは早計かもしれなかったが、違和感が漂っているのは間違いなかった。


少年は標的を肉眼で確認した。

これは、愛国者なら当然やるべきことだと教えられてきた。アメリカが、日本から搾取《さくしゅ》を続けている。世界に不当な戦争を広めている。日本もそれに乗ってしまった。国民はまだ、自分たちが暴力の片棒を担いでいることに気づいてさえいない。

少年は海外で訓練を受けた。日本の学校では学べないことを、限りなく戦場に近い場所で学んだ。この世界でいかに人が死に、その死が権力者たちにいかに浪費されているか学んだ。この世に原因のない不幸は存在しない。貧しい家庭が苦しむのには政府に全面的な責任があるとあの人は教えてくれた。これから少年が攻撃を成功させれば、少年の家族は底辺の生活から脱け出せる。そういう約束になっている。今の日本で、貧しい若者が大金を得るチャンスなど存在しない。資産は、すでに資産を持っている人間の手にしか集まらない。いつの間にか、そういうシステムができあがっていた。

少年は、体に自爆用の爆弾ベルトを巻いている。

爆弾ベルトには、旧ソ連製の指向性対人地雷が八ブロック。C４火薬の量は合計四〇キロ。張力作動式の信管が取り付けてある。この対人地雷には大量の釘や鉄球が仕込まれており、五〇メートル先の標的にもダメージを与えることができる。

動悸が早まる。覚悟の上の行動だが、緊張は避けられない。つい三〇分前、少年はトイレで胃の中のものをすべてぶちまけた。それでも、まだ吐き気は治まっていない。

自爆兵器の利点は、安価なことだ。標的を確実に爆破に巻き込むためには、高精度な誘導装置が必要になる。米軍の巡航ミサイルや地対地、空対地ミサイル、GPS誘導爆弾などがそうだ。しかし、自爆兵器の場合、人間そのものが誘導装置の代わりを務める。人間の命はハイテク部品よりも安い。こちらの覚悟を伝えるという、心理的な効果も期待できる。

稲葉は、今日会う予定だった女性のことを急に思い出した。互いに大学生の頃に出会ったから、もう一〇年近い付き合いになる。いい友人関係だったと稲葉は思っている。だが、稲葉が彼女に感じていたのは友情だけではなかった。確かに、一人の男として彼女に惹かれていた。相手を失うリスクのない適度な距離感にずっと甘えてきたが、稲葉はそろそろ変化が必要だと強く感じていた。たとえば予定がキャンセルされなかったら、今晩、ディナーの席で稲葉は一歩踏み出していたかもしれなかった。そのために、彼女には秘密で、常連客の紹介がないと予約がとれない高級料亭をセッティングしておいた。料亭では、極上の松阪牛のしゃぶしゃぶを食べるはずだった。

稲葉は、今自分に何ができるのか考えながら周囲を見た。遠くに、携帯電話を二つも構えた怪しい男を見つけた。かなりの急ぎ足で離れていく。ただならぬ雰囲気を感じ取った稲葉は、少年と怪しい男を携帯電話のカメラで撮影し、Ｅメールに添付した。Ｅメールの本文には、目の前で何が起きているのか簡潔にまとめていく。

送る相手は、警察官だ。今日会う予定だった友人だ。

少年から少し離れた場所に、一台の軽トラックが停めてある。

トラックには、ＩＥＤが仕掛けられている。

ＩＥＤとは、即席爆発装置の略だ。適当な爆薬を乱暴にまとめて、リモコン式の起爆装置をさしこむだけで完成する。

今回は、榴弾砲の砲弾を大量に用意した。

少年は、携帯電話を使った。かけた先は、ＩＥＤの起爆装置に直結した携帯電話だ。少年が電話をかけることによって、起爆装置のタイマーが作動。一五秒のカウントダウンが始まる。その一五秒の間に、少年は携帯を左手に握り締めたまま車列に近づいていった。服の下に右手をさしこんで、八ブロックの対人地雷を連結するワイヤーを一気に引き抜く。撃針のロックが解除され、雷管に点火。

少年の爆弾ベルトと軽トラックのＩＥＤが、ほぼ同時に爆発した。

爆発地点を中心に、半径一五〇メートル以内に存在する建物の窓ガラスが一斉に割れた。少年とＩＥＤの近くに立っていた人間は即死。爆風で、風俗嬢と初老の客の両手足が千切れ飛んだ。

爆発に巻き込まれて、道路の車列が子供に蹴られたミニカーのように横転した。複数のセダンやミニバンが道路の上を何回も転がり、近くのビルに突っ込んだところでようやく停止した。

少年の爆弾ベルトに仕込まれていた釘や鉄球が、爆圧に乗って周囲に散布された。扇状に散らばった五〇〇〇個以上の釘や鉄球は、一個一個が小口径の銃弾に近い威力を有している。

稲葉は、散弾銃を食らったように吹き飛んだ。一瞬で意識は途切れて、こめかみ、喉、胸部に大きな穴が開いた。怪しげな黒人も若者たちも、全身に数十という穴を穿《うが》たれて死んでいった。

第二章

1

初春の早朝なので、外はまだ薄暗かった。花冷えでコートがなければ背筋が震える。

ある街角が、数台のパトカーと数十人の警察官によって封鎖されていた。警察車両用のライト——反転式警光灯——の点滅する赤色が周囲を威圧し、緊急事態を告げている。血の赤は人間の本能に危機を知らせる色だ。パトカー、救急車、消防車、どのライトも赤い。その赤色が見た者の身を強張らせ、微かに緊張させる。パトカーのサイレンやドアの隙間から漏れてくる無線の音などがコンクリートのビル群で反響し、聞いた人間の不安を煽る。

トヨタ・クレスタの覆面パトカーが現場に近づいた。警視庁捜査一課の刑事がよく使う車種だ。クレスタは封鎖テープの間近で停まって、最初に助手席側のドアが開いた。降りてきたのは、捜査一課・第二強行犯捜査一係の福島《ふくしま》だった。小柄だが、スーツの中には筋肉が詰まっている。短くて太い手斧のような雰囲気の男だ。

福島は、他に捜査一課の車両が来ていないか周囲を見回した。ニッサン・セフィーロが停まっていた。捜査一課の幹部用車両だ。

クレスタの運転席のドアが開いた。福島の部下である若手の刑事、博多《はかた》だ。福島は、酒を飲んでいるところを「殺人事件発生」と呼び出された。刑事が飲酒運転はまずい。そこで、本庁で書類仕事をしていた博多を迎えに来させた。福島は豪腕で鳴らしているベテランの刑事だ。若手をこき使うのも教育のうちと考えている。

「あれは、湧井《わくい》さんの車ですか。珍しい」

博多も、幹部用車両の存在に気づいた。

「だなァ。殺しだ。それも、きっと普通の手口じゃねぇぞ」

初動捜査が始まって数時間。この段階だと、まだ所轄署の警部が現場を仕切っているのが普通だ。しかし、すでに湧井が指揮を執っている。湧井は警視庁捜査一課の理事官で、階級は警視。理事官は、捜査一課長に次ぐナンバー2のポストだ。新聞の一面が確実な重要事件が発生しないかぎり深夜や早朝に出動することはない。湧井は地域課の係長に現場保存の指示を出し、初動捜査を担当する機動捜査隊の刑事から報告を受けている。

事件が発生したのは浜松町二丁目だった。出張のため空港に向かう途中のサラリーマンが死体を発見し、携帯電話で通報した。通報したサラリーマンは、近くの自動販売機で管理番号と住所を確認。通信指令センターに勤務する地域部の係官に告げた。

所轄警察署の強行犯捜査係の刑事、地域課の警察官、機動捜査隊、鑑識班などが到着した。地域課の警察官が、周辺に黄色い現場保存テープを張り巡らした。死体を調べると、三箇所の銃創から一目で射殺だと判明。警察官が簡単な聞き込みを行うと、ビルの警備員などが銃声を耳にしていた。

「どうも、湧井警視」

福島と博多が挨拶に向かった。

湧井和臣《かずおみ》。東大法学部卒業、国家公務員I種試験合格。警察に入った瞬間から、いずれ指揮官的なポストにつくことが決まっているキャリアだ。

湧井のような、キャリアの捜査一課理事官は珍しい。捜査本部が立つ前から現場に足を運ぶ理事官はもっと珍しい。

　鋭い目に、代官山で購入したフロイデンハウスの眼鏡をかけている。フレームはメタルで色はシルバーブラック。細面《ほそおもて》なので、鋭角的なデザインのフレームがよく似合う。切れ者と評判の男。刑事たちと違って、管理職である湧井は制服姿。階級によって制服のデザインは微妙に異なる。湧井の制服には、袖の部分に金色のラインが走っている。

　理事官の仕事は、捜査全体の指揮を執ることだ。この湧井のように直接的に事件に関わることはない。理事官は指示を飛ばし、人を呼び、報告を待つ。

「どんな調子ですか」福島は現状を訊ねた。

「死体とその周辺は動かしてない。自分の目で見るといい」

　湧井に言われて、福島と博多は死体に歩み寄った。

　死体は、ビルとビルの間にある細い路地に転がっていた。地面に、引きずったような血の跡があった。犯人が殺したあと少し動かしたのだ。

　福島は周囲を見回した。浜松町には羽田空港に向かうモノレールの乗り場がある。死体を発見したサラリーマンは久米淳一《くめじゅんいち》と言った。久米の自宅は御徒町《おかちまち》にあり、それほどの距離ではないし急いでいたのでタクシーを使った。タクシーで浜松町まで行き、モノレールに乗り換えて羽田空港へ。出張先は鹿児島だった。ところがタクシーの窓からなんとなく外を眺めていたら死体を発見してしまった。死体の第一発見者は、最初に駆けつけた制服の警官、所轄の刑事、そして本庁の刑事に何度も同じ説明を繰り返さないといけない。結局久米は乗る予定だった飛行機を逃し、死体発見後一時間が経過した今も所轄の警察署で身動きがとれずにいる。

引きずった跡は、三、四メートルほどの長さで歩道へと続いていた。このあたりはオフィスビル街なので、深夜から早朝にかけては人通りが少ない。死体発見までもう少し時間がかかっても不思議はなかった。

福島は死体を観察した。死体の表情はわかりにくい。それが、頭部への銃撃による死体ならなおさらだ。

潰れたような鼻が特徴的な小柄な男だった。年齢は三〇代前半あたりか。くたびれたコート、アイロンのかかっていないシャツ。まともな暮らしをしている男ではなさそうだ。三箇所の銃創は、頭部に一発、胸に二発。すべて体を貫通。頭の傷が一番わかりやすい。弾丸の体内への侵入口を「射入口」という。逆に出口は「射出口」だ。この死体の射入口は、眉間《みけん》から数センチ右にずれた眉毛の上。射出口は後頭部なので、脳の一部が外にこぼれ出ている。明らかな致命傷だ。

射入口の付近には、黒っぽい赤茶色の斑点が散らばっていた。乾いた血飛沫《ちしぶき》だろうか。それよりも、福島が注目したのは死体の足元だ。破れたビニール袋が落ちている。ビニール袋の周辺には、白い粉末が散乱していた。

「ヤクか」福島が言うと、

「冷たいのですね」博多が補足した。

冷たいの、とは警察内において覚醒剤を示す隠語だ。覚醒剤――メタンフェタミン。使用すれば疲労を忘れ高揚感を得ることができるが、その代わり精神の安定を失い、過剰摂取すれば死に至る。

「ガイシャが撃たれた理由はこのへんにありそうだな」と福島。「ヤクの売人がチンピラとトラブった。そんなところだろう」

聞き込みを行っていた警察官が、福島に報告に来た。まだ犯行そのものを目撃した人間は見つかっていない。近くのオフィスビルの警備員は、四発の銃声を耳にしたという。その警備員は、「大きな音がしたが、警察の聞き込みが来るまで銃声とは思っていなかった」そうだ。

「死体には三発しかなかったぞ」

福島はそう言って舌打ちした。現場には証拠物の位置を示す三角柱の表示板が設置されていた。福島は表示板を目印にして四発目の弾丸を探す。

死体は路地に放り込まれていたが、殺害現場は歩道だった。引きずった跡と大量の血痕からそれは明らかだ。殺害現場から一メートルほど離れた場所に弾痕があった。地面に、弾丸がめりこんでいる。弾が外れたのか、それとも撃ちあいがあったのか。

「これが四発目か」

福島は独り言のようにつぶやいた。

「空薬莢も四個ですね」

博多が表示板を見ながら言った。

弾頭を撃ちだした薬莢は、銃の外に排出される。

ヤクの売人らしき死体。四発の銃声。四個の空薬莢。死体には三発の銃創。地面に一発の弾痕。死体の手元には散乱した覚醒剤。射殺だから重大な事件には違いないが、ありふれているような気もしなくはなかった。

二〇二〇年代、アジアに向けて大量に輸出が始まった銃器類。アメリカはかつて「テロとの戦争」を宣言していたが、ここ最近は事情が変わってきた。全世界的に、ごく普通の市民によるデモや暴動が激増。ネット上では「貧しいものが富裕層を攻撃するのは善だ」とする論調がもてはやされた。不景気が長すぎたのか、格差が広がりすぎてしかも固定化が進んだせいなのか。一般市民と職業犯罪者・組織犯罪者との接触機会が増え、タイミングの悪いことに武器の入手は一昔前よりも容易になっていた。そういった社会状況を利用して、日本では再び破壊的カルト宗教や反政府・反米・反グローバリズム都市ゲリラの動きが活発になってきている。

大量の重火器、爆薬が日本国内に密輸され、治安の悪化は歯止めがきかなくなっていた。

現在各種メディアでは、学者や政治評論家が「アノミー理論」という言葉をよく使っている。フランスの社会学者デュルケムが提唱した。デュルケムによれば、かつて犯罪は社会の正常な機能の一部だったという。道徳意識を共有した「まともな人々」は、犯罪者を攻撃し、犯罪者を集団から隔離しようとする行為を通して、優越感と結束力を高めたのだ。しかし集団で生きる「まともな人々」の「欲求」が調整不十分になると、集団の伝統的な規範が失われたまま、人々の欲望が無限に拡大していく。この状態が「アノミー」だ。今、世界中がアノミーに陥っているのではないか、という危機感をマスコミが流行らせようとしている。

治安の悪化は、刑事である福島にとっても、まったく理解ができないものではなかった。どんなに働いても、結局上手くいくのは他人を犠牲にしても平気な連中なのだ。金持ちはより金持ちに、貧しいものはより貧しく。絶望した人間が組織犯罪に勧誘される。

カルト宗教や都市ゲリラの中には、麻薬を資金源にしているものもある。理事官がこの事件に出張《でば》ってきたのは、そういった反社会的勢力による大規模な組織犯罪に関連があるかもしれないと考えたからだろう。

「捜査はこれからだな……」

福島は、見えないゴールを探すかのように目を細めた。

そのときだった。現場に、もう一台覆面パトカーが到着した。スバル・インプレッサだ。

インプレッサから降りてきたのは、パンツスーツ姿の女性刑事だった。自然と、現場にいる捜査関係者たちの視線が集まった。美しい猛禽類《もうきんるい》、そんな容貌だ。頬と鼻筋が平べったい。ともすれば能面のような味気ない顔だが、眼光の強さがすべてを魅力に変えている。口が大きいが、唇は薄い。髪はやや赤みを帯びたベリーショートで、身長は一七〇センチ近い。

女は、現場封鎖のテープを潜り抜けて手近な制服警官をつかまえた。

「科捜研の塚田志士子《つかだししこ》警部ですが、責任者は？」

「あそこに、警視が」

警官が、湧井理事官を指差した。

「どうも、湧井さん」塚田は湧井に歩み寄って、話しかける。「私は何をすれば？」

「よく来てくれた」塚田を見て、湧井は小さくうなずいた。「起きたばかりの射殺事件だ。初動捜査の方向を誤らないように、お前の助言が欲しい」

「担当しろってことじゃないんですね。助言だけ？」

「ああ。担当も何も、お前は今科捜研だろう」

湧井と塚田の会話が耳に入ってきて、福島は眉をひそめた。

「なんでこの段階で科捜研が出てくる？」小声で、博多に話しかける。

「さあ……」と、博多は難問を与えられた学生のように首をひねった。

科学捜査研究所、略して科捜研とは、その名のとおり科学的な事件捜査の研究および実施を行う機関だ。

「科捜研には技術職員しかいないんじゃないのか」

「最近は、警察官もいるみたいですよ。現場でも活動するために」

「現場で活動するのは鑑識だろう」

「詳しいことは俺にはわかりませんよ」

警視庁科捜研の場合、一〇〇名近い職員のうち、警察官はわずか一〇名足らず。残りはすべて技術職員だ。

「ガイシャとその周辺を見てきていいですか」と、塚田が言った。

「ああ。俺も一緒に行こう。他の連中に紹介してやる」

湧井が、塚田を連れて福島たちに近寄ってきた。

「どうしたんですか」

福島は警戒心を言葉に滲ませた。

「たまたま近くにいたんで応援に来てもらった。塚田警部」と湧井。

「あれがガイシャですか」

塚田は、福島や博多に挨拶するより先に、屈みこんで死体を覗き込みはじめた。夏休み、少年が蟻の行列を観察しているようだ。

ほぼ無視されたと言っていい福島は眉間にしわを寄せた。湧井と、後輩の博多を交互に見てからため息をつく。問題は階級だ。警察組織における階級差は絶対である。福島から見れば湧井はもちろん、正体不明の女・塚田も上役にあたる。何も言わずにことの成り行きを見守ることにする。

「典型的な近射創ですね」塚田が言った。分析する学者の口調だった。

「近射創？」博多が反射的に訊き返した。

「被害者に対して、加害者の発砲位置が一〇センチ以上六〇センチ以内。その結果生じた銃創を近射創と言います」塚田が答える。「たとえば、射入口の付近に散らばっている黒っぽい赤茶色の斑点」

「乾いた血飛沫だろ、それ」

福島は思わず口を挟んだ。

「パウダータトゥーイングですよ」塚田は福島ではなく死体を見ながら言った。「近射創の場合、射入口付近には煤煙や未燃焼、半燃焼の火薬粒が付着する。それがパウダータトゥーイング。この射入口と射出口を見ると、貫通した弾丸の口径はおそらく九ミリ。ありふれたフルメタルジャケット。弾の角度は頭部が水平で、残った二発が斜めに抜けている。これは、最初の一発が頭部だったことを示している。近距離で頭部に一発。おそらく、顔見知りの犯行。犯行直前まで被害者と加害者が会話していた可能性が高い」

塚田が立ち上がる。

「空薬莢は？」

「四個見つかってる」湧井が答えた。

「四個？」塚田は怪訝そうに眉間に浅いしわを寄せた。

「近隣の住民によれば、銃声は四発分。空薬莢も四個」

「しかし、ガイシャの体には三発しか」

「あそこに一発だ」

「地面に？」

塚田は熱っぽい視線を左右に走らせた。証拠物の表示板を指差しで確認。空薬莢はまだ転がったままで回収されていない。塚田は現場に散らばった空薬莢のうちの一つに近づいていってじっくりと観察。「うん」と一人で小さくうなずいて、今度は地面の弾痕の位置まで歩いていった。そこで塚田は手の指を鉄砲の形にして構えた。指鉄砲を突き出したり、ホルスターから抜くような仕草を繰り返す。

「何をやってるんですか、あの女は」

福島は、苛立った口調で湧井に話しかけた。

「わかりきったことを聞くな。彼女は事件捜査中だ」

「どうしてあんな女を」

「事件解決までの時間が短縮できる」

「そんな簡単なもんじゃないでしょう」

「彼女は科学捜査のプロだ。専門は銃器関係。甘く見ないほうがいい」

塚田は、犯罪現場を自分の庭のように闊歩《かっぽ》していた。

——三発食らった死体——武装していない被害者。

銃声は四発——少し離れた場所の、地面に弾痕。

近い距離からの射撃——近射創。

「庭」の点検を終えた塚田が、湧井たちの近くに戻った。そして言う。

「……厄介な事件になりそうですね」

「どういう意味だ？」と湧井は話の先を促した。

「犯人は警官か軍人ですよ。元、ってのもあります」

塚田は言い切った。断言だったので、福島と博多は目を白黒させた。この段階で犯人像を特定するのは難しい。しかし湧井は驚いていなかった。

「一応根拠を訊いておこう」

「十中八九、最初の一発は地面の弾痕です。そのあとに、三発。見たところ、ガイシャが食らった三発はすべて九ミリ。地面の弾痕も九ミリ」

塚田は、指鉄砲を振り回しながら答えた。

「ガイシャは銃を持っていない。近くに仲間がいた形跡もない。ということは、四発はすべて同じ銃から放たれたと考えるのが妥当でしょう。ホシの拳銃です。――で、地面の弾痕。これは、ホシがホルスターから銃を抜こうとしたさいに暴発したんじゃないかと」

「暴発だって?」福島は声を尖らせた。

「流れ弾や威嚇射撃なら、弾痕はもっと遠くになります。血痕の形から、犯人がどこに立っていてどう撃ったのかも推測できる。これは撃ったホシの真下。暴発の可能性は高い。ホシは九ミリのベレッタを、ふだんから薬室に初弾を装塡した状態で持ち歩いていた。ダブルアクションで引き金が重くなっているから、安全装置も必要ないと考えていた。最初から殺すつもりでやってきたのかもしれない……」

「ちょっと待て」

湧井は塚田の説明を遮るように言った。

「なぜホシが使ったハジキがベレッタだと?」

「空薬莢を見れば一発です」

「肉眼でか? 弾丸のライフリングマークを電子顕微鏡で見ないとわからんだろう」

銃身の内側に刻まれた螺旋状の溝――ライフリング――によって、弾丸は毎分四〇〇〇回転という旋回運動をする。

ライフリングを通過した弾丸には、螺旋状の溝に沿って傷がつく。それがライフリングマーク、旋条痕だ。人間の指紋がすべて異なるように、銃のライフリングマークもすべて異なる。それを調べることで、犯罪に使用された銃器の種類を特定することができる。

「そうでもないですよ。説明すると長くなるからやめておきますが。間違いなく凶器はベレッタ。米軍の制式拳銃。日本人でも、刑事や機動隊の一部が使っているものです」

言いながら、塚田はポケットからラテックスの薄い手袋を取り出し、装着した。手術前の医者のようだ。そして屈みこみ、這うようにして地面を丹念に調べる。

「あとで、鑑識の人間にはこのあたりを重点的に捜索させてください。運がよければ、破損したホルスターのかけらが見つかるかも」

塚田は、地面に穿たれた弾痕の近くに何かを見つけて指先でつまみあげた。

「こんなふうに」

見つけたのは、黒いプラスチックか何かの破片だった。

それを、証拠物採集に使うチャック式のポリ袋に入れる。

「カイデックス製かな。ベルト用のホルスターでしょうね。これは」

塚田は、証拠物を入れたビニール袋を発見した場所に置いて、鑑識の職員を呼んだ。

「証拠物発見。表示板を置いてから写真。他にも破片がいくつか転がってるみたいだから、全部回収してください。で、あとで科捜研のラボに届けて」

「はい」鑑識の職員はビニール袋の回収を始めた。ただ回収するのではなく、場所や大まかな発見時刻を書き込んだタグを付ける。

「普通、犯罪者はホルスターなんて使わないでしょう?」塚田はラテックスの手袋を外して、ポケットに片付けた。このタイプの手袋は使い捨てだ。「犯人は現役かどうかはわかりませんが警官か軍人。素人ってことはまずないです」

——塚田は想像する。どのように男が殺されたのか。

塚田は、「犯人は警官か軍人」と言った。ベレッタを使いたがる職業はそのどちらかだ。しかし、軍人がこんなところを歩けば目立つし、現場は自衛隊の駐屯地や在日米軍の基地からずいぶん離れている。軍人の可能性は除外していい。残ったのは、元警官あるいは汚職警官だ。

このあたりは深夜にはひとけがなくなる。そこで、麻薬の売人——仲買人と元警官・汚職警官が待ち合わせた。仲買人に麻薬を売る――つまり、卸元。証拠物として押収された麻薬を横流ししようとしていた。

犯人は車でやってきた。車を降りて、犯人＝卸元が仲買人との交渉を始めた。初めての取り引きだ。犯人は、仲買人に商品の見本を渡した。――が、話は上手くまとまらなかった。仲買人が値切ったのかもしれない。何かの拍子に、麻薬が入ったビニール袋が地面に落ちる。仲買人が袋を踏んで、破れる。

次の瞬間、頭に血が上った犯人がベレッタを抜こうとする。余計な力が入っていたために、拳銃が暴発。犯人のレッグホルスターを弾丸が貫通し、地面に弾痕。ホルスターの破片が周囲に飛び散る。仲買人は、突然の銃声に驚いて硬直。慌てて犯人は銃を構え直し、仲買人の頭部に一発。倒れたところに、とどめをさらに二発。死んだことを確認してから、仲買人を路地に運んだ。かくして汚職警官はホシに、売人はガイシャに。調べれば、近くで犯人が使用した車のタイヤ痕が見つかるはずだ。

現時点ではすべて乱暴な推論にすぎないので、塚田は「犯人は警官か軍人」以上のことは口にしなかった。

福島と博多は、塚田の捜査を半ば呆然として見つめていた。福島たちは、塚田の登場によって刑事ではなく見物人にされてしまったのだ。

「じゃあ、私はこれで。何かあったら科捜研に連絡を」

「助かったよ、『鉄砲塚』」

「そのあだ名やめてくださいよ、湧井さん。もう」

苦笑いを見せて、塚田は湧井や福島たちに背中を向けた。颯爽《さっそう》と歩き去っていく。

「……何者ですか？　あれは」

塚田が十分に離れてから、福島は湧井に訊ねた。

湧井は微笑を漏らした。

「塚田志士子警部。東京工業大学工学部卒業。大学院で物理学を専攻。科学捜査のプロで、銃器犯罪の専門家。ついたあだ名が、鉄砲塚。あいつは、銃と寝るような女だ。福島、お前が敵う相手じゃないよ」

教師が、厄介だが才能のある生徒のことを説明するような口ぶりだった。

2

「…………」

遠くから、素人くさいバンドの演奏が聞こえてくる。ギターとボーカルがうるさくてテクニックも何もあったもんじゃない。不快感から、塚田志士子はベッドの上で身をよじった。今は春だが、もう暑い。誰もが口をそろえて今年は異常気象だと言っている。

どうしてこんなにうるさいのか、志士子は半分以上眠った状態で不思議に思った。頭の中のカレンダーをめくると、今日が祭りだと思い出した。墨田区がやっている祭りだ。何を祝う祭りなのか。どうして素人のロックバンドが歌っているのか。合間のＭＣがまたうるさい。声から過剰な自己顕示欲が伝わってくる。声を聞けば、それが観客に向かっているのかただ自分に酔っているだけなのかはすぐにわかる。

本格的に目が覚めた。もう、朝というには遅い。昼の十二時を過ぎている。夜遅くまで仕事をした翌日は、いつもこんなものだ。一人暮らしで仕事が忙しいと、生活が不規則になったまま元に戻らなくて困る。

素人の音楽に対抗するために、志士子はＣＤプレイヤーを大音量で再生した。中に入っていたのはイエスの『海洋地形学の物語』。収録されている曲名が示すとおり、まるで何かの儀式のように荘厳で洗練された音楽だ。

錦糸町にある高層マンションの一八階。志士子が目を覚ました寝室の他に、洋室とリビングがある。洋室とリビングは、どちらもバルコニーに面している。洗面台のスペースはゆったりとしていて、浴室も広い。内装も洗練されているが家賃はそここ。初めてこの部屋に入ったときにはまるでホテルの一室のようだと感動したが、今はもう慣れた。

志士子はベッドの上で体を起こした。志士子は寝間着を使わない。スポーツ用の下着姿で寝床につく。寝るときだけでなく、部屋にいる間は下着姿でうろつく時間が増えた。親には見せられない姿だ。一人暮らしをしているうちにだらしなくなってきた。

歯を磨いて、顔を洗う。今日着ていく服を選ぶ。その間ずっと、朝食は何にしようか考えている。

ウォークインクローゼットに並んだ服は、ブルマリンやバナナ・リパブリックが中心だ。カバンはフルラで靴はセルジオ・ロッシ。これだけ見るとごく普通のOLの持ち物と同じだが、クローゼットの中には銃器類も保管されていて違和感を醸《かも》し出《だ》す。いくら警察官とはいえ、自宅に銃は持ち帰れない。すべてモデルガンか電動ガン、無可動実銃だ。まるで子供のオモチャ箱だ、と塚田は自嘲してしまう。

結局、ヨーグルトと野菜ジュースで朝食をすませた。

パンツスーツに着替えて部屋を出る。

外は、やはり祭りだった。錦糸公園にステージや出店が立っている。遠くから見ただけでは、何がめでたくてやっている祭りなのかさっぱりわからない。しかも今日は、四ツ目通りを戦争反対の団体がデモ行進していた。拡声器越しの怒鳴り声で鼓膜が破れそうだ。祭りとデモは、どちらも興味のない人間にとってはうるさいだけという点で共通していた。今日の錦糸町はまるで騒音地獄だ。空は曇っていて今にも雨が降りそうなのに皆元気なものだ。

志士子はマンションの駐車場に向かった。インプレッサの覆面パトカーに乗り込んで、キーを回す。デモ行進のアジテーションが、車の中にいても聞こえてきた。

『富裕層を叩き潰せ』

『高齢者を処理する「姥捨て山」政策の実現』

『生活保護制度の撤廃』

どれも、数年前から叫ばれ続けてきた要求ばかりだ。現在攻撃されているのは、「上層」と「下層」。一見矛盾しているようにも思えるが、つまり望みは「一億総中流」の復活なのだろう。そして高齢者問題だ。二〇一〇年代、減少傾向の少年犯罪に比べて、高齢者の犯罪・暴力行為は社会問題と言ってもいいほど増加していった。マスコミが目をそらし続けた少子高齢化社会の闇。二〇二〇年代に、その問題はより深刻なものとなった。「高齢者を敬え」という意見は、貧しくなってきたこの国ではあまり歓迎されない。

——実力主義、自己責任といえば聞こえはいいが。

他人が排除されれば、そのぶん自分に利益が回ってくるのではないかと勘違いしている人間が多すぎるのだ。そういう人間はシニカルに世の中を見ているつもりで、なぜか自分が「排除される側」に回る可能性をあまり考慮していないので、その点においてひどく見通しが甘い。

想像力と他者への共感能力を欠いた連中が、対立構造を深刻化させていく。その結果、最終的には暴力的な事態が誘発される。

そして暴力は、志士子の人生も変えた。

「……ふう」深いため息をつく。

こんなどうでもいいところで、心のかさぶたをはがしてしまった。海外の貧困と対立が生んだテロ事件。同時多発的に発生した人質事件——。

外国のある政治家はこう言った。「民主主義の最大の敵は無知と無関心だ」

塚田志士子は、霞が関の警視庁本部庁舎、地下二階の車庫にインプレッサを入れた。警視庁は地上一八階、地下四階。車を降りた志士子は、低層用のエレベーターで六階まで移動した。六階は、総務課、捜査一課などが使っている。今日志士子が用があるのは、捜査一課理事官・湧井和臣の部屋だ。

「失礼します」

「塚田か。入れ」

捜査一課の大部屋の奥に位置する湧井の部屋は、白かそれに近い色の内装で統一されている。金はかかっていないが、シンプルで洗練されていた。湧井は常に清潔で掃除好き。部屋の隅には、わざわざ彼が自腹で買ったドイツ製の掃除機が置いてある。

「……機嫌が悪そうだな。何があった」

湧井は言った。

悪そう、と言われれば塚田はうなずくしかない。実際に機嫌は悪い。塚田は、感情を顔に出さないでいるのが苦手だ。

「素人くさいバンドに起こされましてね。寝不足だと笑顔も消えます」

「警官が寝不足とか温《ぬる》いことを言ってるんじゃない」

塚田は、科捜研に移る前、捜査一課の刑事だった。捜査一課に引っぱってきたのは、他でもない湧井だ。湧井は、塚田がまだ警察学校に通っている頃から目をつけていた。

「そういえば、ヤクの売人が射殺されてた例の事件」湧井が話題を変えた。「データ照合の結果が出た。凶器はベレッタ92Fだった。現在、ベレッタを所持している警官、元警官、元軍人のリストアップを行っている。それはいいとして、どうして空薬莢を見ただけでベレッタだと？　そろそろ種明かししろ」

湧井が訊いてきた。

「科学捜査に関する専門書を何冊か読めばわかりますよ」

塚田は答えた。今は、説明するのが面倒だった。

「ふうむ」湧井は釈然としないふうに眉を歪めた。「まあいい。今日は折り入って頼みがある」

「命令ではなく、頼み、ですか」

「そうだ。強制ではない。ある仕事を引き受けてほしい。新設の部署を仕切ってくれ」

「どんな部署ですか」

「捜査一課内に対テロ専従捜査班を作る。仮名称は特別武装強行犯捜査係だ。このままいけば略称は武捜係になるだろう。鑑識や科学捜査の専門家を刑事として採用。よりスピーディかつ独自のアプローチでの犯罪捜査を目指す。今のところ、日本には対テロ専門の部署が存在しない。武捜係は新しい事件捜査スタイルのモデルケースになるだろう」

「対テロ専門の部署？　公安の外事や組織犯罪対策部がありますよ」

「公安はあくまで諜報戦が主体。組織犯罪対策部の専門は暴力団だ。俺の理想とは違う」

「昔……湧井さんや私ができなかったことの復讐戦ですか」

「お前があの事件のことをまだ気にしているのは当然だ。だが、いつまでも引っぱるわけにはいかんだろう。上層部の許可もとってある」

「私がその武捜係の？」

「係長になる。まだ面子《メンツ》は定まっていないが、七、八人ほどの係になるだろう。そのうちの五人ほどが現場に出る。残った二人は後方支援業務だ」

「……私に務まるでしょうか」

「結論は急がなくていい」

「引き受けるかどうかはまだわかりませんが、やるとしたら条件が一つ」

「なんだ」

「武捜係の主力として、足利《あしかが》が欲しいです」

「足利か。変わり者だが使えるヤツだ。大丈夫だろう」

湧井が足利を変わり者だと言ったので、塚田は小首を傾げた。彼とは長い付き合いだが、変な男だと思ったことは一度もない。女から見た彼と男から見た彼は印象が違うのだろうか。

3

それから一週間、塚田志士子は数人の警察官と面談を行った。武捜係の係長を引き受けるかどうか悩んでいたが――どちらかと言えばやりたくない――、何か重大事件が起きたときには素早く対応できるように「使える」人間をピックアップしておく必要があった。経歴や成績表をいくら眺めても、警察官の真価はわからない。直接会って、候補者と話しておきたかった。

もし係長職を引き受ければ、科捜研から最前線への復帰ということになる。志士子は悪い夢を見るようになった。悪夢を見るたびに、志士子は自分の手をじっと見つめた。左手の人差し指が、痙攣《けいれん》したように動く。あんなことがあったのに、よく銃を嫌いにならなかったものだ。あのときの引き金の感触は、今でも忘れることができない。こんな状態で、果たして最前線の現場指揮官が務まるものなのか——。

金曜日の深夜。悩みは多いが、明日は久しぶりの休日だ。志士子は自宅のソファでくつろぎ、映画を観ながら一人で酒を飲んでいた。レンタルだと返却が面倒なので、未見のものでもいきなりＤＶＤを購入して鑑賞する。ふだんは仕事が忙しく、たまったぶんをオフの前日にまとめて鑑賞するのが志士子の楽しみだ。ドイツビールとスモークチーズをとりながら、リラックスした時間が過ぎていく。

塚田志士子は銃器犯罪の専門家であり、銃器を偏愛している。映画に銃器が登場すると、無意識のうちに細かくチェックしてしまう。多少の嘘は仕方がない。問題は、製作者が銃器を理解しているかどうか。映画の銃が「火を吐く小道具」ではなく、「人を傷つけるための武器」に見えるかどうか。

最後のスタッフロールを見ていたら、携帯がメールを受信した。湧井からだった。嫌な予感がしたが、緊急の要件かもしれないのでメールを開く。『明日、午前十一時までに警視庁に顔を出せ』とのことだった。捜査課の管理職は、メール一通で自由に部下をコントロールできると思っているから困る。

翌日、仕方なく塚田は湧井のもとに向かった。長い付き合いの友人と映画を鑑賞し、どこか美味しい店で一緒に食事をとる。そんな予定だったが、土壇場でキャンセルしてしまった。こんな日の朝は自然と体も重く感じるものだ。

「で」塚田はうんざりして言った。「湧井さん、これは一体なんの呼び出しですか」

「そろそろ答えを出せ。準備は進めているんだろう」

武捜係の件だ。責めるような口調だった。

「お前が思っているよりも時間に余裕はないかもしれんぞ。公安がテロの情報をつかんだ。韓国から大量の武器弾薬が密輸された可能性が高い、と。近々何か動きがあるかもしれん」

「近々、というと」

「今日、明日だ」

「それはまた急な話ですね。本当に確かな情報なんですか？」

「わからん。だが、俺はリスクは高まっていると思う。国内の動きは鈍い。国民はもちろん警察上層部もだ。国民性と言ってしまえばそれまでだが、日本人は予防するのではなく対処することを好む。しかし、取り返しがつかない被害が出てからでは遅い」

　塚田は立ったまま湧井の言葉を噛み砕いていく。

　戦いはすでに始まっている。

　引っかかったのは、国民性という単語だ。日本人の国民性といっても、日本人は一億人以上いるのだ。それをひとくくりに論じようとするのはあまりにも無理がある。同じ理由で「最近の若者」「ゆとり教育世代」といった言葉も嫌いだ。そんな塚田でも、社会全体に「体質」のようなものがあるのは否定できない。人ではない。社会のシステムに、だ。この国がどんなに問題を抱えていても、それに蓋をしてしまう体質が確実に存在する。どんなにネットで騒ぎになっても、テレビで放送されないことは一部の人間にとってはなかったことと同じになる。刑事は、そうはいかない。多少の危険は覚悟の上で、蓋を開けて奈落に飛び込んでいかなければならない。塚田は、頭では理解している。

「対テロ武捜係ですか……」

「まだ、あの件を引っぱっているのか」

　あの件——塚田志士子が、捜査一課を離れなければいけなくなった事件。

「どうでしょう」塚田は自嘲した。「頭では整理がついているんですが、感情が追いつかない。そんなところです」

「今も銃は好きか？」

「はい。刑事の仕事も好きですよ。あのとき引き金を絞ったことについて、後悔は一切ありません。ただ、自分が思っていたよりも動揺しました。それが意外だった」

そのとき、湧井のデスクに設置された固定電話が鳴った。

「捜査一課、湧井だ」

『通信指令本部、今西《いまにし》警部補です』電話はスピーカーホンになっていたので、志士子の耳にも届いた。

『渋谷で自爆テロです』

「なんだと」と、湧井が叫んだ。

それを横から聞いて、塚田の眉間に深い溝が刻まれた。

犯行現場でどんな死体を見ても眉一つ動かさず、銃声や発射炎を間近で感じても瞬きをしない塚田が、微かに身を強張らせた。心の古傷が疼く。

『大使館の車が狙われました。多数の民間人が巻き込まれた模様』

「わかった。私がすぐに現場に向かう」湧井は電話を切った。「塚田、聞こえていたか？　自爆テロだ。捜査一課、公安、組織犯罪対策部の合同捜査になるだろう」

「これから初動ですね」

「なぜか渋谷はよく狙われるな……ここ五年で三件目だ」

塚田は、湧井とともに渋谷の事件現場に向かった。機動隊が出動し、現場周辺を封鎖。地域課の警察官も二〇〇人以上が駆り出された。

事件発生から一時間。塚田たちが到着したとき、現場は消防車、救急車、警察車両でごった返していた。瓦礫《がれき》の下から重体の被害者や死体が引っぱり出されて搬送されていく。上空には、警察やレスキュー隊の他にマスコミの報道ヘリも殺到していて騒がしいことこの上なかった。

一帯に、爆発に巻き込まれた車両の破片や割れた窓ガラスなどが散らばっている。大地震のあとのようだった。建物は半壊し、地面には大穴が開いている。穴の数は二つで、その間は一〇〇メートルほど離れていた。多数の車が引っくり返っているが撤去作業は進んでいない。

爆弾に側面を削られたビルは、ガラスで区切られた蟻の巣に見えた。建物の壁が崩れて内部がむき出しになっているさまは、日常の崩壊を思わせた。爆発地点の穴を中心に、そこに近ければ近いほど建物の崩壊がひどく、被害は放射状に広がっている現場には、火薬や焦げた人体の臭いが濃厚に漂っていて鼻が曲がった。人間が至近距離で爆風を浴びると、表面の皮が剝がれたり手足が千切れ飛んだりする。何かが焼けた臭いだけでなく、糞便や臓腑や血の臭いもするのはそのせいだ。

「C4爆薬ですね……」

塚田はつぶやいた。湧井はうなずき、

「一応、現場近くにいて生き残った人間もいる。たまたま遮蔽物があって軽傷ですんだわけだ」湧井が言った。『人間と車が爆発した』と証言しているそうだぞ」

「自爆テロとIEDですね、たぶん。二箇所の爆発で、威力が違う。自爆テロのほうがC4」

「街中でIEDか。これじゃバグダッドだ」

「仮にIEDにミニバンを使ったとして」と塚田。「限界まで積み込めば、貨物スペースには一〇〇キロ近い高性能爆薬がセットできる。直径四〇メートル以内にいた人間は爆風で九割が即死。破片は四〇〇メートル先まで飛散する。今回のIEDは、それよりは小規模なもののようですが……」

事件現場が渋谷ということで、さっきから塚田の胸の中で嫌な予感が膨らんでいた。今日、友人と渋谷で遊ぶ予定だったのだ。湧井に呼び出されて予定はキャンセルしたが、だからといってその友人が渋谷に行くのをやめたとは限らない。

「すみません、湧井さん。ちょっと携帯使います」

歩きながら、塚田は携帯の住所録の中から今日会う予定だった友人の名前を選んだ。

通話開始、のボタンを押す。

すると、塚田の近くで携帯の着信音が鳴った。驚いて、塚田は音の方向に視線をやる。

そこは死体置き場だった。

車で搬送する前の死体が、とりあえず瓦礫の陰に並べられている。ずらりと並んだ数十人分の死体には、ビニールシートがかけられていた。携帯の着信音は、シートの下から聞こえてきた。死体が所有している携帯だ。塚田がかけると同時に鳴り出した、死者の携帯。

どうか偶然であるようにと願いつつ、塚田はシートをめくった。

――数分後。

友人の死を確認した塚田は、少し離れた場所に移動した。自動販売機に寄りかかって、二本の指でこめかみを押さえて揉《も》み解《ほぐ》す。塚田は、死体には慣れている。塚田の専門は銃器を使った犯罪であり、銃器が関わった犯罪の被害者遺体は損壊が激しいものが多い。たとえば猟銃を口にくわえて自殺した男性の死体だ。弾丸だけでなく、発射ガスによって頭部が膨張し、脳のほとんどが吹き飛んで上から顎の骨が見える。塚田はそんな死体でもじっくりと観察してきた。並みの刑事とは潜った修羅場の数が違うのだ。しかし、今回は特別だった。性別がわかりにくくなるほど無残に引き裂かれた友人の死体には、さすがに吐き気を覚えた。人間の尊厳を踏みにじる殺し方だ。生きているときの記憶が鮮明に残っているぶん、死体を見ても納得がいかなかった。出来の悪い手品を見ているかのようだ。舞台の上で壊れたのに、元に戻らない。誰も、種を明かしてはくれない。

「……大丈夫か？」

という湧井の問いには答えず、塚田は静かに肺の奥にたまっていたものを吐き出した。政府に打撃を与えたいのなら、社会秩序を破壊したいのなら無差別爆弾テロをすることだ。テログループの組織力にもよるが、実は防ぎようがない。少し都市型戦闘を学べばわかる。破壊活動、暴力行為によって社会を混乱させるのはたやすい。警察は起きたことに対処することしかできない。

「…………」

押し潰されそうな無力感が塚田を襲った。刑事なら何度か味わう絶望的な感覚だ。この感覚を味わうと、ヒステリックに叫んで走り出したくなる。すでに負けている勝負をなんとか引き分けに持ち込む、というのが刑事の仕事の本質だ。塚田は、それを理解している。

理解した上で、やるのか、やらないのか。

「……湧井さん。答えを出しますよ、今」

「どうする」

「やります、武捜係。対テロの急先鋒にしてみせます」

第三章

1

新木場、警視庁術科センター。術科センターは、本館、武道場、射撃練習場といった施設で構成されている。射撃練習場は、巨大なかまぼこのような形の建物だ。二〇人ほどが一斉に射撃訓練を実行できるほど広く、最近になって人型のターゲットや移動するターゲットも採用された。

塚田志士子は、自費で新たに購入した銃器の試射を繰り返していた。ここ一年ほどは科捜研勤務で、研究目的以外で銃を使うことがなかった。しかし、特別武装強行犯捜査係――武捜係として動き出せば、嫌でも実戦で使う機会が増えてくるだろう。身銭を切らなくても、普通、刑事には拳銃が支給される。しかし、警察に納入される銃や弾丸は欠点が多い。これは塚田の推測にすぎないが、上層部と納入業者に癒着があるのだろう。警察は、性能の良くない装備に大金を支払っている。信頼できない装備に命は預けられない。自分で選んだ銃を輸入して、捜査一課の備品として登録しておくのだ。

塚田が用意したのは、ＳＩＧ・Ｐ２２９という。マガジンには九ミリが一三発。針の穴を通すような精密射撃用にバレルとトリガーはカスタム品に交換してある。

「ん……」

塚田はまず、拳銃を誰かに捧げるように持ち、そっと頬にあてた。冷たい質感が皮膚を介して伝わってくる。こうやって彼女は銃を感じる。この銃を設計した人間が何を考えていたのか、この銃はどう使われたがっているのか、理解しようとする。銃は何も話さないが、耳をすませば感じることはできる。

貝殻を耳にあてると奇妙な音が聞こえるのと同じだ。銃の質感はそれぞれ独特の音を持っている。張り詰めた糸のピンとした感覚が鼓膜に伝わってきた。この銃は、丁寧な射撃を求めている。精密機械のように扱われることを望んでいる。訓練が好きな射手と相性がいい性格の銃だ。

「よし」

ひととおりの「会話」を終えた塚田は、イヤープラグをつけて鼓膜を保護した。シューティンググラスをかけて目も守る。

実弾が満杯のマガジンを装塡。スライドを引く。

両手でしっかりと構える。利き腕を伸ばして、反対側の腕で銃を引きつけるように構える。塚田は左利きだ。左利きだと空薬莢が目の前を横切って不便なことがあるが、最近はあまり気にならなくなってきた。

二〇メートル先の標的を狙って、引き金を絞る。とりあえず二発、間を置かずに発砲。素直な反動が伝わってくる。引き金の重さも反動も文句なしだ。

射撃に慣れている塚田は、必ず両目を開けたまま狙いをつける。目の前で銃火が迸《ほとばし》り、銃口から音速の弾丸が射出されても塚田は瞬きもしない。瞬きをしないで拳銃を連射するのは難しい。

自爆テロに巻き込まれて友人が死んだ。長い付き合いだった。一緒に酒を飲むと楽しかった。その楽しみを、奪われた。

塚田志士子は友人の死に打ちひしがれたが、涙を流したりはしなかった。涙を流すのは、事件を解決してからだ。この事件の犯人グループを刑務所に入れてから、墓の前に好きだった酒のボトルでも持っていき、グラスに注いでやりながら泣けばいい。

それまでは、すべての悲しみを怒りに変換し、犯罪と戦う活力にする。

ふだん、刑事たちが使う銃器は、警視庁内の保管庫、あるいは輸送車両の貨物スペースに収納されている。

今日は、湧井に許可をもらってP229とシュタイヤーAUG・A3アサルトライフルを持ち出してきた。

シュタイヤーAUG・A3は、オーストリア製のベストセラーアサルトライフルの最新モデルだ。弾倉が引き金の後方に位置するブルパップ。サブマシンガンのようにコンパクトだが、火力は高い。塚田は、シュタイヤーAUG・A3に、バーチカルグリップとダットサイトを取り付けている。照準の調整次第だが二〇〇メートル以内のありとあらゆる戦いに対応可能だ。

一部の刑事がアサルトライフルで武装するようになったのはここ数年のこと。切っ掛けは、三件の乱射事件。密輸されたAK47アサルトライフルで武装した三人の男が、埼玉県の大宮と渋谷駅で人ごみに向かって乱射。数十人の民間人が死傷。警察官も機動隊を中心に多数の死亡者を出した。ライフルに対抗できるのはライフルだけだ。

警察官が使うアサルトライフルは、制式装備ではなく「特殊銃」に分類される。特殊銃の扱いは、国家公安委員会が定める「警察官等特殊銃使用及び取扱い規範」によって厳しく管理されている。警視総監、県警本部長が指定した部署で、選ばれた警察官しか特殊銃を使うことはできない。

湧井が作り上げた武捜係はもちろん指定の部署であり、塚田は特殊銃を使うことを許された指定警察官である。武捜係の刑事は、全員がこの指定警察官となる予定だ。

P229を撃ちながら、塚田は湧井の話を思い出していた。

「たとえば犯行グループが籠城《ろうじょう》したとき、今までだと機動隊や捜査一課特殊犯捜査係(SIT)、特殊急襲部隊(SAT)の到着を待たねばならなかった。しかし、今回の武捜係は違う。係長、そして理事官であるこの俺の判断で突入する権限を持っている。司法解剖のために専属の法医学者もつける。機能を集中することで捜査全般のスピードアップを狙う」

訓練も銃の照準調整も大事な仕事だが、今日の射撃は塚田にとってもっと特別な儀式と言えた。大規模な自爆テロの捜査が始まる。しかも塚田は少数精鋭の班を指揮する身となる。たっぷり銃と「話して」、自分の覚悟を再確認しておく。

塚田にとって銃器は体の重要な器官の一つと言っていい。腕のいい射手は、銃器を手足のように感じるという。塚田はそんな世界のさらにもう一歩奥に踏み込んだ。自分の魂のかけらのように感じていた。昔、塚田は銃に命を救われた。銃との出会い方には二種類しかない。撃つ出会いか、撃たれる出会いだ。塚田は前者だった。当然、塚田は銃社会が危険なものでありそのせいでアメリカがずっと問題を抱えていることも知っている。だが、それとこれとは別の話なのだ。武士が刀を愛するようなものだ。犯罪を憎むことは理解できる。しかし、武器が人間の歴史から切り離せない以上、武器を憎むことに意味はない。

一三発、撃ち終えた。射撃位置と標的の間にはレールが走っていて、リモコン操作で標的を手元に引き寄せることができる。塚田は自分が撃った人型標的を手にとって、見つめた。胸の中心を狙って四発、頭部を狙って四発。外れてはいないが、照準がやや右下にずれている。塚田はマイナスドライバーに似た専用の工具を使ってリアサイトを調整した。標的とマガジンを新しいものに交換して、射撃再開。間を置かず、ダブルタップでさらに一二発。確認すると、直径三センチ以内に弾痕が固まっている。今度は納得のいく集弾《グルーピング》ができた。Ｐ２２９からマガジンを抜き、ホールドオープンさせてから射撃台の上に置く。

そのとき、射撃場に男の刑事が入ってきた。アットリーニのやや古風な（しかしとびきり高級な）スーツで長身を包んでいる。目鼻立ちがはっきりしていて、彫りが深い。短い髪は薄いブロンド。唇がやや厚く目が細いので、欧米人ではなくハーフに見える。刑事というよりはモデルのようだ。珍しい、警視庁ではあまり見かけないタイプの男。

ブロンドの刑事は、右手に銃器運搬用の鍵付きケースをさげていた。彼は塚田の隣の射撃台に陣取り、ケースを開ける。中に入っていたのは、ＳＩＧのＰ２１０レジェンド・ターゲットだった。

（隣の刑事……嫌な感じ）

と塚田は思った。

塚田の武器は自腹だ。性能がよくて安価なものを選んだ。しかし、欲を言えばもっと欲しい銃があったのも確かだ。

世界で最も優れた射撃精度を誇る拳銃のうちの一つ、ＳＩＧ・Ｐ２１０の改良型。九ミリ口径で、競技用の調整可能《アジャスタブル》サイト。塚田が「嫌！」と感じたのは、ブロンドの男と自分の銃の趣味が似ていた上に資金力の差を見せつけられたからだ。

カスタマイズされたＰ２１０レジェンド・ターゲットの値段は、塚田が持っている銃の倍以上。ブロンドの刑事は、予算が潤沢《じゅんたく》な部署の人間かそれとも金持ちか。

多少高価でも、車や宝石類よりはずっと安い。購入した銃器が自分のものになるのなら塚田も迷わなかっただろう。しかし、いくら刑事とはいえ、銃器を自宅に持ち帰ることは許されない。仮に自腹を切っても、海外から購入した銃器は「研究用資料」として警視庁の備品となる。

ブロンドが、拳銃にマガジンを装塡した。スライドを引いて射撃を開始する。両腕を伸ばして、やや前傾姿勢に構えている。実戦的なアイソサリーズスタンスだ。拳銃から放たれた弾丸は、標的によく当たった。遠目にも、優れた集弾を叩き出していることがわかる。

ブロンドの刑事は、一分ほどでマガジン内の一二発を撃ち終えた。リモコンで標的を引き寄せると、弾丸はすべて頭部に着弾していた。

男は冷たく笑い、大声で言った。

「あんたが『鉄砲塚』か」

イヤープラグを越えて耳に届く。イヤープラグは銃声を大幅にカットするが、大声ならば会話も可能だ。

「そうですが……あなたは？」

相手の階級と役職がわからないので、一応塚田は敬語で返した。

だが、ブロンドの男は人を小馬鹿にしたような笑みを浮かべただけで何も答えない。すぐに正面に向き直って、射撃練習を再開する。

（こいつ……何なの一体）

腹が立ったが、余計なトラブルは抱え込まないのが塚田の主義だ。

自分も、相手のことは忘れて射撃練習を続けることにする。

塚田は、シュタイヤーＡＵＧ・Ａ３を手にとった。本体に弾倉をさしこみ、薬室に初弾を装塡。まずは照準器類を付けずに、アイアンサイトでセミオート射撃。何かを確かめるような射撃訓練だった。

２

桜田門駅より徒歩一分、霞ヶ関駅より徒歩二分。警視庁は駅に近い立地条件のいい場所に位置しているが、塚田志士子は車以外の交通手段を使ったことがない。警視庁の周辺には皇居や日比谷公園があり、風景が目に優しかった。道路も広いので、出勤するだけで朝から清々《すがすが》しい気分になれる。

塚田は警視庁の六階に上がった。あまり使われていなかった会議室が改装されて、武捜係専用のオフィス――いわゆる大部屋となった。

デスクやパソコンなど、武捜係の備品が届いているかどうか確認するために、塚田は朝早くから自分たちの大部屋に足を運んだ。徹夜で働く職員も多いので、警視庁本部庁舎内は意外なほど騒がしい。しかし、武捜係はまだ本格的に動き出したわけではない。大部屋には誰もいないだろうと塚田は思っていたが、先客がいた。鑑識から引き抜いた足利一誠《あしかがいっせい》だった。塚田は「一誠」と呼びかけた。

「どうも、塚田警部」

足利は穏やかな表情だ。しかしただ穏やかなだけでなく、瞳の奥には鋭さを秘めていて、まるで北国の湖のようだった。

「長い付き合いだから、警部はやめましょう」

「……そういうわけにも」

足利は大病院の院長の一人息子で、塚田志士子の幼なじみだ。

塚田は、彼を幼稚園の頃から知っている。

東京大学医学部を卒業。米国エール大学に留学経験あり。将来は日本屈指の外科医になると周囲に期待されていたが、足利は突如警察官採用試験を受ける。「警察で鑑識をやりたい」と言って、父親に勘当された。どうして足利が成功を約束された将来をドブに捨てるような転身を実行したのか、塚田も知らない。

足利は、切れ長の目に、薄い唇。顔立ちは整っているが、無表情で口数が少なく、何を考えているのか他人にはわかりにくい。肩幅が広く、身長一八七センチ、体重九〇キロ。体脂肪率は常に九パーセント。体格がいい上に柔道三段空手二段というのだから、ただの優等生ではない。

「俺も現場に出ると聞きました」

「そう。捜査に参加してもらう。鑑識のプロとしての視点から、私たちじゃ気づかないような発見を期待してる」

「そうですか……」

この口数が少ない男が雄弁になるのは、事件について語るときだけだ。

塚田が「なぜここに?」と訊ねると、足利は「ちょっと新しい職場を見ておきたくて」と答えた。表情は静かだが、足利も内心不安なのかもしれない。鑑識と現場の捜査は大きく異なるからだ。環境の変化には、大小のストレスが伴う。

——数時間後、塚田が選んだ武捜係メンバーが大部屋に集まり、湧井が新部署発足《ほっそく》の挨拶をすることになった。理事官・湧井と係長・塚田の他に、刑事が六人。実際の事件現場に出動するのは、六人のうちの四人だ。

武捜係は現場チームと支援チームに分かれる。現場チームは、塚田志士子、足利一誠、藤堂遼太郎《とうどうりようたろう》、松永千夏《まつながちなつ》、桐谷修輔《きりやしゆうすけ》。迅速かつ正確な捜査を展開するために、専門技能の持ち主が集まった。支援チームは、服部幸三《はつとりこうぞう》と福山真里菜《ふくやままりな》。塚田は、人を見る目には自信があった。中には、性格や素行に問題がある者もいる。それでも、塚田が欲しかったのは能力だ。たった六人をまとめることができなかったら私もそこまでだ、塚田はそんなふうに考えている。

武捜係の中で、塚田の「引き」で選ばれたのは足利、藤堂、桐谷、服部の四人。残りは他部署からの推薦だ。さすがは敏腕で鳴らした湧井の仕事と言ってよかった。関係各部署からの協力がなければ、こうもすんなりとはいかなかったはずだ。縄張り意識が強い警察という組織の中で引き抜きを行うのは通常もっと時間がかかる。

「発足の挨拶をする前に……」湧井が切り出した。「武捜係にはＦＢＩの研修生がつく。紹介したい。隣の部屋にいる」

研修生、と聞いて塚田は渋い顔をした。そんな話は聞いていない。扱いにくい研修生を受け入れれば、スピード重視の精鋭部隊が台無しになるリスクが生じる。

「研修生を実働《じつどう》要員に？」

塚田は思わず言った。

「日本の刑事がＦＢＩで実働要員として起用された前例がある。警察庁や警視庁上層部も人事交流は奨励してる。政治的な意味合いもある。面倒くさがる気持ちはわかるが、ここは我慢してほしい。人材として超一流なのは保証する」

ＦＢＩ、アメリカ連邦捜査局。

ＦＢＩという単語を聞いて、塚田はむしろ胡散《うさん》くさく思ってしまった。確かに昔から警視庁、警察庁はＦＢＩの研修生を受け入れてきた。だが、こうして現実に同じ職場に勤めるとなるとまるでテレビの刑事ドラマだ。なんとなくリアリティがない。

「ＦＢＩのジョシュ時任《ときとう》さんだ。階級は警部待遇となる」

そう言って、湧井がドアを開けた。

――ジョシュ時任！　ひどい名前だ、と塚田は思う。

会議室を改装した武捜係大部屋の隣は、多数のパソコンが設置された情報処理室だ。そこに待機していたＦＢＩの男は「待ってました」とでも言いたげな顔で入ってくる。

塚田は「あっ」と声をあげそうになった。ＦＢＩの男は知っている顔だった。先日会ったばかりだ。術科センターで隣の射撃台についたブロンドの刑事だ。塚田をいきなりあだ名で呼んできた、ＳＩＧ・Ｐ２１０レジェンド・ターゲットの男。

「ジョシュ時任です。よろしく」流暢《りゅうちょう》な日本語だ。

「ニューヨークのジョン・ジェイ刑事法学カレッジで法科学学士号を取得。犯罪現場捜査官としての実績もあり、HRTとともに人質救出作戦指揮の経験も」と、湧井がジョシュの経歴を代わりに語る。HRTとは、ホステージ・レスキュー・チーム、人質対応部隊のこと。FBIの特殊部隊だ。

「これから我々は渋谷の自爆テロ事件を追う。そうですね湧井理事官？」

時任が湧井に向かって確認をとった。

「あなたが仕切らないでください」

塚田は、つい強い調子で言う。

「そうか。係長は君だった」

時任は唇を微かに動かして笑った。

「アメリカ政府――FBIは、日本の治安維持悪化を非常に重く見ている。日本で発生したテロ事件で、在日米軍や在日アメリカ人に被害が出ているからだ。私もこの国に遊びにきたわけじゃない。『よろしく』と言ったのはただの社交辞令じゃない。本心だ」

「どうだか……」

そもそも治安が悪化している原因はアメリカにあるのではないか、日本の不景気もアメリカにまったく責任がないわけでもない。色々と言いたいことをのみこんで、代わりに塚田は湧井を睨んだ。

湧井は涼しげに微笑んでいる。

はめられた、と思った。ＦＢＩの研修生？　こうなるとわかっていたら引き受けなかった。

3

塚田志士子には丸の内に行きつけのバーがある。

二〇階建ての商業用ビルディングの一七階。

店の名前は『シャレード』。店長は「マンハッタンにありそうな店」を目指したそうだ。店の壁にはダーツや、まだモノクロだった頃のハリウッド映画のポスターなどが貼られている。高層ビルを小さな町にたとえるとしたら、『シャレード』は入り組んだ路地裏にある隠れ家だった。

志士子はカウンター席しか使わない。少し離れたテーブルには、インテリアとしてチェスのボードと駒が置かれていた。

店内には、いつも静かなジャズが流れている。主な客層は丸の内に職場があるキャリアウーマンなので、店の空気は落ち着いている。丸の内ではさすがに一〇代の人間を見かけない。志士子は、騒がしい店では絶対に酒と食事を楽しめないタイプの人間だ。

『シャレード』は、昼間は喫茶店として営業している。コーヒー、サンドイッチ、パスタ、そして各種のケーキなど、メニューのラインナップは基本的なものだがどれもレベルが高いと評判がいい。しかし、志士子は昼のメニューは試したことがない。昼間はマスターのパートナーが店を任されているというが、顔も見たことがない。

志士子が刑事になって最初にやったのは、行きつけのバーを作ることだった。リラックスできて、穏やかで聞き上手のマスターを相手に愚痴をこぼせる場所に憧れていた。そんな場所が、ドラマや映画には必ず出てきた。そして志士子は、憧れていたとおりの場所にたどり着くことができた。

武捜係ができてこれから忙しくなる。余裕はどんどんなくなっていくだろう。警察署に泊り込む生活が始まる前に、塚田はどうしてもこの店で一杯やっておきたかった。

「ジョシュ時任って名前がすごいよね」

志士子の隣に座っている女がサービスのナッツをかじりながら言った。

「ですよね」

隣の女は、この店で出会った大事な飲み友達だ。名前は渡辺詩織《わたなべしおり》。レズビアンで、たまに志士子を口説いてくるがすぐに向こうから「やっぱいいや」と引っ込めてしまう。「なんだそりゃ」と志士子が苦笑してワンセットの流れだ。そもそも詩織には恋人もいるらしいし、今の関係でちょうどいい。

情報処理技術者の資格を持ち、通信関係の会社でテクニカルエンジニアをやっているという。

詩織はスタイルがよく、落ち着いた雰囲気の持ち主だ。緩やかなウェーブがかかったロングヘアがよく似合っている。

「むかつく同僚は敵より危険だと思う」

「詩織さんは会社勤めが長いから、言葉に重みがありますね」

詩織は親友だが、志士子は敬語を使う。向こうも「別にいいのに」と言ってくれるが、これは志士子の癖のようなものなのでどうにもならない。志士子が気楽に話しかけられるのは、今のところ足利一誠だけだ。

「味方であるはずの人間に足を引っぱられるほど腹の立つことはない」

「そう。本気で『敵』に勝つ気なのか、と」

「そのジョシュだっけ。階級は？」

「私と同じです。でも、相手はＦＢＩの人間だから……実質的には私より格上です。最後はバックの力の差で押し切られる」

警察官はなるべく正体を隠す。捜査一課の刑事ならなおさらだ。友人にも「公務員」と説明してそれで終わることが多い。しかし志士子は、ある理由から詩織には自分の仕事を正確に伝えていた。

「後方から現場に戻ったのに、志士子の前途は多難か」

「そういうことです。だけど、一番腹立つのは信頼してた湧井さんが私を軽くハメたこと。裏切られたみたいで、辛い」

「……辛いことが続くね」

と、マスターが言った。

マスターはアスリート系の二枚目で、ゲイだ。かつては料理人を目指していたというだけあって料理が上手い。ソムリエと菓子製造技能士の資格を持っている。

「うん……」

確かに、続いている。自爆テロに巻き込まれた友人が死んだばかりだ。ショックは受けているが、二〇二〇年代、治安の悪化した日本で生きる刑事ならば、こんな事態にも慣れていくしかない。チェチェンやシリアの子どもが砲撃音を聞いても驚かないのと同じだ。志士子の知り合いが殺されるのはこれが初めてではない。志士子だって人を殺したことがある。殺したり殺されたりしているうちに、人間から何か別の生き物になっていくような気がする。

「いざとなったら仕事やめちゃいなよ」

詩織が軽く言った。

「そんな簡単にはいきませんよ。貯金もないし」

「私、こう見えても高給取りだから。あんたの世話くらいみてあげる」

詩織が冗談めかして言った。

「多少辛くても私は仕事が好きなので」

「俺は塚田さんと渡辺さんはお似合いだと思うけどね」

「ありがと」

詩織はにんまりと白い歯を覗かせた。

「塚田さんは自分のセクシャリティに興味はないの？」

マスターが訊いてきた。

「今は、そういうのはちょっと……。恋愛そのものにあんまり興味がなくて。仕事が忙しいし、楽しいし」

「口ではなんとでも言えるけど。結局、あんたには人間の恋人とか似合わないのかも」

「どういう意味ですか」

「上司が持ってきた見合い話には無関心。合コンも職場恋愛もなし。女なのに趣味は鉄砲。あいつはハジキとセックスしてるなんて陰口を叩かれてる」

「いいトシして合コンなんて」

「たとえだよ、たとえ。大人が合コンしちゃいけないのかよ。っていうか、合コンはどうでもいいの」

志士子と詩織の他愛のない雑談が続いた。やがて、マスターが作ったカクテルが二人の前に並ぶ。志士子はいつもビールにジンジャーエールのシャンディガフを、詩織はチャイナブルーを注文した。マスターは二人の味覚を熟知しているので、通常のものよりも甘みが足してある。

「美味しいです」

「料理もできましたよ」

カクテルには、軽い料理。今日マスターが用意したのは、エビのフリットだった。フリットとは、イタリア語で揚げもの、フライのこと。器にはエビの他に、レモン、クレソン、キュウリなどが盛り付けられている。一般的には山椒塩を添えることが多いが、マスターはチリソースを使っていた。

「油の温度がコツでね。最近上手く作れるようになった」

さくっと軽めに揚がったフリットは食欲を刺激するいい匂いを立《た》ち上《のぼ》らせていた。食べなくとも、酒が進む味だとわかった。

「新しいレシピを勉強したんで」

カクテルと料理のあとはデザートだ。

「ドライフルーツのコンフィチュール。チーズも混ぜてある」とマスター。

コンフィチュールはフランス語でジャム。ただのジャムではなく、野菜を素材に使ったり、酒やスパイスで味を調《ととの》えたりする。新しい感覚のジャムだ。マスターは、コンフィチュールの皿と一緒にバゲットも用意した。

「コンフィチュールにはカクテルよりも赤ワインが合いますよ」

マスターのおすすめにはハズレがない。彼が選んだものを飲むだけでいい。塚田がこの店が好きなのは、メニューを見て悩まなくていいところだ。

『シャレード』では飲みすぎないように気をつけた。自爆テロ事件の捜査に武捜係として参加する許可が下りた。天気のいい午前中。二日酔いはなし。

4

足利に鑑識や科捜研との打ち合わせを任せて、塚田は合同捜査本部で行われた会議に出席した。会議に出るとEメールを送ったら、藤堂遼太郎、松永千夏、桐谷修輔の三人も顔を出してくれた。

発生した自爆テロ事件の捜査本部は、渋谷署内に設置された。渋谷署の庁舎は地上一四階、地下四階。署員数は五〇〇名を超えている。全国有数の大規模な警察署である。管内に渋谷駅を中心に広がる繁華街や数々の名門大学、そして外国の大使館などを含んでいることから、渋谷署は新宿署、池袋署と並んでいわゆる「精鋭」が集まりやすい。

捜査本部を構成するのはまず所轄の刑事たちと機動捜査隊の応援部隊。主導権を握るのが警視庁捜査一課の第一強行犯捜査と第二強行犯捜査。捜査一課に対抗する形で鼻息荒く乗り込んでくるのが組織犯罪対策部の組織犯罪対策第二課と第五課。会議にはほとんど顔を出さないが、公安一課、三課、外事課も動く。

渋谷署の講堂で捜査会議が始まる。大型のスクリーンやデジタルプロジェクターが設置されていて、ノートパソコンやｉＰａｄ、スマートフォンといった携帯情報端末に対応している。

捜査一課の新藤《しんどう》管理官が挨拶をした。湧井理事官と同期のキャリアだ。管理官とはその名の通り刑事たちの管理職のことである。一般の企業なら課長代理に相当する。

「今回の自爆テロ事件の死亡者数は一六三名。負傷者は三〇〇名を超える。ここ五年、国内では九件の大規模テロが発生している。この事件を解決できなかったら、ますますテロリストどもをつけあがらせることになるだろう。総理、外務相からも早期解決の厳命が下った。国会では新たな対テロ法が可決寸前だ。我々の捜査は国内外から注目されている。総員、それなりの覚悟を決めて捜査に臨んでもらいたい」

新藤管理官の言葉を聞いて、塚田は思わず苦笑した。まるで脅しだ。本来、刑事には総理も国会も関係ないではないか。国内外の注目とやらも知ったことではない。刑事に必要なのは手がかりと証拠。余計なことは考えないのが一番だ。

「これより捜査一課長より捜査方針の説明がある。その後、係長クラスは全員集合。人員配置を考える」

塚田と松永の他にも女刑事が二人いた。所轄の刑事だった。彼女たちは、当然のようにお茶汲みや雑用をさせられている。そんなことをするために刑事を志望したわけではないだろうに、と塚田は眉間にしわを寄せた。警察という男社会において、女性警察官の立場は微妙なものだ。湧井理事官のような、理解のある管理職は本当に少ない。塚田は自分の幸運に感謝している。湧井理事官という実力主義の素晴らしい上司に出会えた幸運。今は下働きとしてこき使われている彼女たちも、諦めずにいれば、そして運がよければ第一線の仕事を任せられるようになるかもしれない。

「一課の成宮《なるみや》だ」

這うような低い声だった。成宮毅《つよし》。階級は警視。ノンキャリアの叩き上げという、典型的な捜査一課長だ。イギリス人のクォーターで、大富豪の執事が似合いそうな初老の男。髪は今までの苦労のせいか真っ白だ。

「捜査のセンは基本四つ。爆発物の残骸のセン、IEDに使われた車のセン、自爆テロ犯のセン、防犯カメラのセンだ」

スピード違反の取り締まり用や、金融機関、コンビニ、スーパー、駐車場の防犯用など、街の各所にカメラは設置されている。

「すべての課ごとに、最低一人は鑑識、科捜研との連絡員を用意しておくように」

一課長自ら捜査本部の指揮を執るというのは稀なケースだ。通常は、理事官か管理官、小さな事件なら係長クラスの指揮で決着がつく。

警視庁は、この事件をかなり重要視しているようだ。

塚田は三人の部下を引き連れて現場に向かった。

藤堂遼太郎はSAT、警視庁特殊急襲部隊の出身だ。

SATは警視庁機動隊の最精鋭だ。厳しい選抜試験を潜り抜けないとSATには入れない。立てこもり事件や対テロ事件で出動する。

藤堂は無精ひげを生やしている。長身で体格がよく、日焼けしていて肌が浅黒く、メキシコ出身の映画俳優のようだ。ノーネクタイのスーツ姿で、シャツの隙間から覗く鎖骨のラインに危険な色気が漂う。彼は、美しい鞘に収まったナイフに似ていた。その気になれば、人間を殺せる。それを楽にこなすだけの力を持っている。

SATの人間は口が堅い。警察官にも守秘義務はあるが、酒の勢いやファイル共有ソフトによって機密漏洩《ろうえい》が止まらないのが現状だ。しかしSATは違う。SATの隊員は家族にも自分がSATに入隊したことを話さない。隊員の個人情報は厳重に管理され、決して表に出ることはない。そんな彼らは、SATを離れてもSATについてほとんど語らない。

そこまで守秘を徹底するのは、ＳＡＴは犯人を殺す可能性が非常に高い部署だからだ。

桐谷修輔も、藤堂と同じくＳＡＴ出身だ。着痩せするタイプなのか、体を限界まで鍛えているはずなのに線が細く見える。

ＳＡＴ時代、桐谷は常に藤堂と行動をともにしていた。塚田は特殊部隊研修を受けたことがあり、そのときに二人のことを知った。塚田が湧井を通して藤堂を欲しがった際、藤堂は「桐谷も頼む」と言った。最前線の人間にとって、誰が背中を守るのかは重要だ。信頼できる相棒はできるかぎり変えたくないものだ。

「武捜係の初仕事ですね」

「捜査本部を無視してやっていいんだよな？　業界用語では帳場とか言うんだっけか」

藤堂が言った。どこか粗野な印象の口調は、生まれつきなのかＳＡＴがそういう場所だったからなのか。マスコミをシャットアウトして海外の特殊部隊と訓練ばかりしているうちに、警察官としての口の利き方を忘れてしまったのかもしれない。

「無視はだめですよ」塚田は子供に教えるように言った。「私たちは別に捜査本部から独立してるわけじゃない。捜査が独立してる」

塚田が答えても、藤堂は釈然としない様子で「同じに聞こえる」と言った。

「そりゃお前がバカなんだ藤堂」

塚田の代わりに、桐谷が言ってくれた。桐谷は藤堂よりも「普通の刑事」に雰囲気が近い。この仕事に慣れるのは早そうだ。

「すみません、係長。藤堂は筋肉ゴリラなんで」

「なんだとコラ、桐谷」

「まるで学生の会話ですね、藤堂さん、桐谷さん」

そうたしなめたのは、松永千夏だ。

松永は交通課の婦警だった。優秀な検挙率を誇り、本人の希望で刑事課へ。最初は白バイに乗るために警察に入ったが、日本でテロ事件が頻発しはじめた時期に刑事になりたいという気持ちが固まったのだという。

松永はメタルフレームの眼鏡をかけている。髪形は無造作なショートカット。グッチの女性用スーツでバランスのいい体を包んでいる。

昨晩までは六〇〇メートル四方が封鎖されていたが、現在は二〇〇メートル四方までその範囲は絞り込まれている。鑑識捜査の基本は「外から内へ」だ。爆破の範囲に交通量が多い道路が含まれていたため、鑑識課の職員たちは当然のように総動員され、全員が徹夜だった。

消防車、救急車などの姿は消え、代わりにマスコミが増えていた。さすがに立ち入り禁止のテープを越えてくることはないが、報道の車両が歩道をふさいで一般の通行人が迷惑している。地域課の制服警官がマスコミを追い返そうとしているが、向こうは聞く耳を持っていない。

「犯罪者より厄介だ」

と言って、藤堂が猷っぽく笑った。

比較的大きなサイズの瓦礫は撤去され、死体や負傷者は昨日のうちに搬送された。しかし割れたガラスは手付かずなので、足元には注意が必要だ。発見された爆弾やIEDに使われた自動車の部品は、鑑識や科捜研の研究室に随時運ばれていく。

塚田は現場の担当者から人数分の初動捜査報告書を渡された。情報の整理は後回しにして、現場の状況や入手した証拠をとりあえず羅列していっただけの資料だ。正式な報告書ではなく、これから何度も手を加えられていく。死体や負傷者の写真が多い。千切れた手足や砕け散った肉片なども事細かに記録されている。この中に友人も混ざっているかと思うと胸が締め付けられた。しかし警察官にとっては、死体も証拠品なのだ。目をそらすわけにはいかなかった。

「爆心地は二箇所」

現場を歩きながら、塚田は説明を始めた。

「少年の自爆テロとIED。交差点で対角線を描くように配置されてる。ちょうど駐日アメリカ大使館の車が通りかかっていたから、標的はそれだったんでしょう。残念ながら、爆発に巻き込まれてアメリカの外交官補と書記官、運転手が死亡。民間人の死亡者も一六〇名以上です」

周囲を見回す。塚田は、爆発で損傷したビルや交通標識にも注目した。高さ五メートルほどの案内標識が折れ曲がり、溶けた塗料が水飴のように固まっている。この手の事件では、爆破を三次元的に把握することが重要だ。そうしなければ、重大な証拠を見逃すことがある。現場に残っている鑑識課の職員たちは、ビルにも立ち入り、交通標識をカメラで撮影したり微量な付着物を採取したりしていた。今のところ、塚田が心配することはなさそうだ。

「どこから手をつけるか。意見を」

塚田は、教師のような口調で三人の部下に意見を求めた。

元SATに交通課。畑違いの部署から選抜されたメンバーばかりだが、全員刑事研修や科学捜査の講習を受けている。基礎はできているはずだから、これから現場を通じて本物の刑事に育て上げていくのは塚田の役目だ。

塚田の質問に、藤堂がこう答える。

「現場周辺の聞き込みッスか」

「それは捜査一課の強行犯捜査がやるでしょう」桐谷がすかさず言った。「捜査本部の人員の配置に穴はなかったように感じます。とにかく、集められた刑事の数が多い。鑑識だって非番の人間を呼び戻してフル回転しています。今、武捜係にできるのは、資料や証拠を整理しつつ新たな展開を待つことでは。どこかゲーセンかキャバクラで時間でも潰しませんか」

桐谷にはつまらない軽口を叩く癖があるようだ。藤堂よりは普通の刑事に近いかと思ったが、間違いだった。

「その発想は消極的すぎます」と、塚田は無表情で言った。「対テロの捜査は時間との勝負です。爆破に関わった下っ端は危なくなれば口を封じられる。敵は証拠の隠滅に奔走してる。進展待ちなんて、悠長なことはもう言ってられない。捜査本部に任せたほうがいいことは任せますが、私たちは独自の線でいきましょう」

「独自の線？」

「携帯電話」と、塚田は爆心地を指差す。「今回のテロは無差別じゃありません。標的が設定されていた。標的がいたということは、時限装置よりもリモコンで起爆するほうが確実。自爆は手動で問題ないとしても、ＩＥＤはそうはいかない。今のところ、軽トラックに人が乗り込んでいた形跡は発見できていない。自爆テロ犯が標的を確認後、リモコンでＩＥＤを起爆させたと考えるのが妥当。タイミングを合わせて、爆発で挟撃した。結果がこの惨状です。最近のテロリストは、携帯電話を改造して遠隔操作式の起爆装置を作ることが圧倒的に多い」

言いながら、塚田は資料をめくった。

「この写真」目的のページで手を止める。「今まで発見された中で最もひどい死体。これは自爆テロ犯のものじゃないでしょうか。ほぼ肉片になっているけど、かろうじて掌の部分が残っている。よく見て。携帯電話を握り締めているような気がしませんか？　自爆テロ犯の手に携帯が握られていたのだとしたら、用途は決まってる」

「ちょっと待ってください」と松永。「犯人の死体にしては発見場所が爆心地から離れすぎてませんか？　この手は」

「離れてるわりには砕け方が細かすぎるんですよ。そこが重要」

「犯人が携帯を遠隔起爆に使ったとしましょう。だけど、携帯なんて誰でも持ってるじゃないですか。何千万台も流通している」松永は食い下がる。「どんなに頑張っても、証拠につなげるのは難しいのでは？」

「私たちが探すのは、普通の携帯じゃありません。飛ばし携帯」塚田は即答。「私がテロリストなら、正式に契約した携帯は使わない。アシがついたときが怖いですからね。飛ばし携帯は組織犯罪の必需品」

飛ばし携帯のシステムは簡単だ。ヤクザが、借金を抱えた主婦やギャンブルで身を持ち崩したサラリーマンなど多重債務者に無理やり何社も携帯電話を契約させる。多重債務者の名義で購入した携帯を、別の人間に転売するのだ。他人名義の携帯を短い期間で使い捨てるので、利用者はまず特定されない。

「普通の携帯なら、確かにこの段階で追いかけるのは不可能に近い。だけど、飛ばし携帯なら入手できるルートは限られている。それに、自爆テロに必要な携帯は一つや二つじゃない。用心深いテロ組織なら、自爆犯用に二台、ＩＥＤの遠隔起爆用に予備も含めて二台。指示あるいは強制起爆用に二台。最低でも六台、それ以上の携帯を用意したはず。飛ばし携帯を大量に売買すれば、きっと目立つと思います。そういうのを追いかけるのは、ギリギリいけるんじゃないかな」

携帯の話をしていたら、塚田の懐で携帯が鳴った。

「武捜係塚田」

『どうも警部、足利です』

鑑識、科捜研のところにやっている足利一誠だった。

「一誠、そっちは？」

『とりあえず、今まで判明した事柄を科捜研の三次元シミュレータに入力。破片の散布域や人的被害、建物への被害の状況から、自爆テロ犯と思われる少年のパーツを確認。携帯を握り締めてたようです。肉片と化した手の中央に部品が。普通、携帯は強く握ったりはしない。間違いないでしょう』

「心理学的にも、恐怖に追い詰められた人間は何かを強く握りやすい。そうやって心を落ち着かせようとする。で、携帯の情報？」

『少年が使っていたのはシャープ製、折りたたみ式、タッチパネル機能なしの古いタイプ。メモリが生き残っていたので個人情報の吸い出しに成功しました』

「あれだけの大爆発だったのに？」

『自爆した少年は最後の瞬間起爆スイッチと携帯電話をしっかりと握り締めていた。皮肉なことに、その手が爆発から部品を守ったんです』

塚田は、状況を想像してみた。自爆テロ犯の少年。体には、大量のC４が装着された自爆ベルトが巻いてある。少年は、近くの軽トラック――ＩＥＤ――に携帯で起爆の信号を送る。そして、携帯を持った手とは反対側の手で自爆ベルトの安全装置を解除。少年は０コンマ数秒走馬灯を見たかもしれない。恐怖のあまり、ＩＥＤの遠隔起爆に使った携帯を強く握り締める――。

自爆ベルトが爆発。軍用爆薬の場合、爆心地周辺では強力な衝撃波とガスが発生する。衝撃波の速度は毎秒九〇〇〇メートル。爆薬一グラムに対してガスは九〇〇ccだ。それら二種類の破壊力によって、少年の体はズタズタに引き裂かれる。しかし、完全な粉砕ではない。千切れて細かくなった肉片は、遠くに飛ばされていく。そこが重要なんだ、と塚田は思った。千切れた手ごと吹き飛ばされて、携帯電話は爆発の中心から逃れることができた。しかも少年の手は殻のような役目を果たした。二つの要素が重なって、携帯電話の損傷が比較的軽くすんだのだ。

『吸い出したデータによれば、携帯電話の使用者は井伏祐吉《いぶせゆうきち》。クリーニング店を経営していましたが、多額の借金をしたあと店を潰し、住所不定に。二週間前に自殺死体で発見されました』

「早速調べてくれたの？」

『はい。井伏についてさらに調べましょうか』

「それはかなり薄い線に思える。捜査本部に任せればいい」

『了解。メモリの状態が不完全だったので、これ以上の情報を得るのは難しそうです』

「井伏の最後の自宅住所はわかります？」

『それくらいならなんとか。都内です。荒川区、山手線沿い』

塚田は少し安心して「都内か。助かる」と言った。

地方だと広域捜査になって厄介だった。

「一誠は引き続き科捜研で情報の整理を」

『一誠はやめてくれませんか。仕事中は』

「わかった、一誠」

『……仕事に戻ります』

「よろしくお願いします」塚田は携帯を閉じた。そして、部下たちに顔を向ける。

「科捜研にやった足利警部補からでした。自爆テロの少年が携帯を使っていたことは確定。契約者は自殺しています。間違いなく飛ばし携帯でしょう」

「塚田警部の読みどおりですね」

少し驚いたように松永は言った。

「まぐれですよ」と塚田は謙遜してみせたが、言ったことには無論自信があった。本物のテロ組織なら、ネットで売買されてるような飛ばし携帯は使わない。ネットには、警察の囮《おとり》捜査というリスクがある。日本でも、極秘裏ではあるが囮捜査は行われている。「相手をそそのかし、無理やり犯行を誘発する捜査」でなければ違法ではない。法律は拡大解釈が可能だ。

「これから飛ばし携帯を扱ってるブローカーをあたります。ネットではなく、店舗を構えてるブローカーの数は限られている」

「限られてるといっても、一つや二つじゃない」

桐谷が目を細めて言った。

「当然です」と塚田はうなずき、

「そういうのには、組織犯罪対策部が詳しい。情報をもらいます。そして、絞り込む」

渋谷の現場に、組織犯罪対策部・組織犯罪対策第二課所属の刑事たちもいた。組織犯罪対策第二課は外国人による犯罪を追う部署だ。テロ事件には海外の組織が関与しているケースが多いので、彼らも捜査に参加している。

「どうも、神宮寺《じんぐうじ》さん」

塚田は、顔見知りを見つけたので声をかけた。

組織犯罪対策第二課の神宮寺警部だ。

「なんだ、鉄砲塚か。おまけに、部下ができたみたいだな」

神宮寺は露骨に嫌そうな顔をした。

「捜査一課の武捜係です」

「そういやそんな話を聞いたな。鉄砲塚が係長かよ。世も末だ」

これ見よがしにため息をつく。

塚田と神宮寺の関係が理解できず、藤堂、桐谷、松永の三人は互いに顔を見合わせた。

神宮寺は髪を七三分けにした痩身の男だ。昔は違ったのだろうが、今は運動不足なのが明らかだ。道場や射撃訓練よりも昇進試験の勉強を優先しているのだろう。

「お前がこんなところで何してる」

「もちろん、事件捜査です」

「帳場の人員配置表にお前らの名前なかったぞ」

「私たちは捜査本部がやらないことをやります。捜査が被らないように会議で出た情報には目を通すし、人も送る。でも、基本的には独自の線で動く」

「湧井理事官は鉄砲塚に甘すぎるぜ……」

「私らの話はもういいでしょう。それより聞きたいことがあるんですが……飛ばし携帯を扱ってるブローカーについて。最近とくに動きが活発なところをいくつか教えてほしいんです」

「なんでそんな……」神宮寺はわざとらしく舌打ちした。

「事件捜査に必要です。急いでるんです」

「知ったこっちゃねえ。俺はお前と口をきくのも嫌なんだぜ……また、ガキを殺すために戻ってきたのか」

神宮寺の言葉を聞いた瞬間、塚田の脳裏で閃光が瞬いた。子供殺しの塚田。当時は、もう立ち直れないと思った。それほど叩かれた。神宮寺のストレートな物言いに、塚田は怒ることもできず固まってしまった。

神宮寺は踵《きびす》を返そうとした。が、藤堂がそれを許さなかった。

藤堂は「待てよ」とどすの利いた声を発しつつ、神宮寺の肩をつかんだ。驚異的な握力に、神宮寺の顔色が変わった。

「てめえ」

「よく聞け。これから塚田警部は俺たちのボスになる。俺はまだ塚田警部のことをよく知らない。だが、俺を捜査一課の武捜係に選んでくれたのは警部だ。感謝してる。尊敬すべき人物かどうかはこれから決まる。同じ刑事だろ。捜査の邪魔しないでくれるか」

藤堂は一年のほとんどを訓練に費やすような部署から移ってきたばかりだ。並みの刑事とは体の鍛え方が違う。体全体から、濃厚な暴力の気配が滲み出ている。そんな藤堂の迫力に圧倒され、神宮寺は「わ、わかった」と怯《おび》えた声をあげた。

「飛ばし携帯のブローカーだな？　ノートパソコンにデータがある。車の中でプリントアウトしてくるからちょっと待ってろ」

神宮寺は逃げるように離れていった。

「ありがとうございます。でも、ちょっと頭冷やしてきてください。つかんだりしちゃまずいですよ。階級が上の相手にあんな言葉遣いで……あと少しで大問題になるところでした」

「はい……どこで頭を冷やしましょう？」

「冷たい飲み物を適当な自販機で人数分」

「すぐ行ってきます」

藤堂が自販機を探しに走っていった。彼の背中が見えなくなると、桐谷が塚田に話しかけてきた。「あいつ、短気でしょ」

「あいつ？　ああ、藤堂さんですね」

「なんで、SATを辞めて刑事になりたがってたか知ってます？」

「いえ、聞いてません」

「あいつは班長でした。でも、部下を率いるのが嫌になったんです。いつも言ってますよ。『死ぬときは一人で、身軽に地獄へ』って」

「それは……一風変わった自壊願望？」

「どうなんでしょうね」桐谷は表面的な薄笑いを浮かべている。真意がはかれない。

「病死、老衰死をするくらいなら、捜査中に殉職したいってのはあるかもしれません。そういう心境だと、班長よりも『誰かの部下』という立場のほうが楽なんでしょう」

「ある意味、怖いものなし」

「そんなとこですかね」

神宮寺より先に藤堂が戻ってきた。買ってきた飲み物はすべて、やけに酸味が強そうなレモンジュースだった。派手な黄色の缶のラベルを見ているだけで、口の中に唾がたまった。塚田は藤堂のセンスを疑った。ＳＡＴ隊員としては第一線の精鋭だったかもしれないが、成長すべき点は多そうだ。

少し遅れて、神宮寺も帰って来た。

「……プリントアウトだ」と、二枚の書類を塚田に手渡す。

「どうも」

「今後、なるべくお前らとは関わりたくねえ」

最後の最後まで腹の立つ男だった。

第四章

1

上川直哉《かみかわなおや》は母の寝顔を見ていた。穏やかな表情だ。夢を見ているのかもしれない。何か、過去の出来事を思い出しているのかもしれない。母は、時々曖昧《あいまい》な笑顔を浮かべる。

最近、すっかり白髪が増えた。皮膚はつやを失ってまるで樹皮のような質感だ。母は鼻の横に大きなホクロがある。事故で死んだ父は、そのホクロを切っ掛けにして母を口説いたそうだ。それが、三〇年前の話。

父が死んで、母はくも膜下出血を起こして倒れた。台所で、突然だった。くも膜と脳との空間にある血管が傷んで切れて、脳脊髄液中に血液が混入。この状況に陥ると、最初の出血で三分の一が死亡する。直哉の母は、生き残った。生き残ったが、立って歩くことのできない、寝たきりの状態になったのだ。介護保険の要介護度で最も重いレベルに分類される状態だ。

いろいろな病院や施設を探したが、経済的な理由もあり、結局在宅介護ということになった。正月にたまに顔を合わせていた親戚たちは、口では「介護に協力する」と言っていたが、実際は一斉に離れていった。すでに父は他界しているし、母の介護は実質的に直哉一人で行うことになった。そのために、直哉は高校を中退した。

くも膜下出血で直哉の母は脳に損傷を受け、半身麻痺や失語症などの障害が現れた。

在宅介護をすることになって、直哉の家に訪問介護員《ホームヘルパー》が派遣されてきた。上川家についたヘルパーは中年の女性で、気さくで親しみやすい人だった。母の面倒をよくみてくれた。

ホームヘルパーの八割は時間給で報酬を受け取っている。身体介護型という訪問介護では、時給は一五〇〇円から二〇〇〇円の間が多い。上川家のホームヘルパーもそんなところだ。払っている立場の直哉が心配するのも妙な話だが、ハードな仕事内容のわりにはやや低い給料だと思う。身体介護とは、要介護者の食事や排泄《はいせつ》の世話は当たり前で、着替え、入浴の手助け、車椅子での散歩、その他必要な身体的な介護全般のこと。重労働だ。そんな重労働の人間よりも、年金を横領したり税金でゴルフをしている役人のほうがはるかに豊かな生活を送っているこの国の現状に、直哉は憤りを感じずにはいられない。

とにかく、直哉の母はホームヘルパーに支えられている。だが、いくらヘルパーが頑張ってくれても家族が増えるわけではない。限界があった。直哉を手伝う人間の数が圧倒的に不足していた。直哉の生活のすべてが、寝たきりの母を中心に回るようになった。

母は脳に損傷を受けたが、意識不明というわけではなかった。しかし、言葉を発することはできない。「あー、うー」と低くうめくだけだ。こちらが語りかけると反応する。直哉が笑うと、母も笑う。

その日、直哉は母のトイレの世話をしてから、ヘルパーの到着を待っていた。到着したら、入れ替わるように直哉が外に出る。アルバイトがほぼ毎日入っている。直哉のバイトはコンビニと日雇いの工事現場のかけ持ちだ。就職シーズンでもなんでもない時期に高校を中退してしまったので、フリーター以外の選択肢は難しかった。

正社員とフリーターの生涯賃金の差は二億円。フリーター、派遣社員、契約社員、パートタイマー——非正規雇用労働者の数は、今も増え続けている。政権が何度変わっても、労働者の賃金は上がらず、税金は高くなるばかりだった。正社員の給料を減らし、公務員の給料を減らし、非正規雇用労働者のクビを切り、大企業はなんとか自分たちの利益だけは確保していた。生活保護も減り、年金も満額は支払われない。企業は若者が愚かになればなるほど喜んだ。愚かな若者は安い給料でこき使えるからだ。決して埋まらない格差の谷が広がっている。

呼び鈴が鳴った。ヘルパーが到着したのだと思って直哉は玄関に迎えにいったが、違った。ドアの向こうに立っていたのは、見知らぬ男性だった。

「あの、どちらさまでしょうか……？」

「君は直哉くんか。大きくなったね」

「……はあ」

親戚の誰かだろうか、と直哉は考えた。見たことのない顔だ。

「私は怪しいもんじゃない。あなたのお父さんの友人で、浪川《なみかわ》と言う。仏壇があれば、線香をあげたいんだが」

「わかりました。どうぞ」

浪川は、年齢や職業がわかりにくい外見だった。髪は短く、長身痩躯。眼窩《がんか》がくぼんでいて、やや不健康な印象を人に与える。くたびれたスーツ姿だった。サラリーマンには見えないし、フリーターでもない。

「お父さんにはお世話になった」

仏壇に向かって焼香をすますと、浪川は改めて直哉に一礼した。

「い、いえ……そんな」

「お母さんのことも人づてに聞いている」

そう言って、浪川は懐から封筒を取り出した。

「大した額ではないが、介護費用の足しになれば」

「……え？」

「このお金は自由に使っていい。本当に返さなくていい」

「いえ、受け取れません」

「いいから。私は本当に君のお父さんにお世話になった。遠慮されると困るんだ」

浪川は、無理やり封筒を直哉に押し付けるとすぐに立ち上がって踵《きびす》を返した。

「じゃあ、近いうちにまた。一人で介護は大変だと思うが、頑張れよ」

直哉は呼び止めようとしたが、浪川は振り向きもせずに歩き去っていった。変な人だ、と思いながら封筒を開ける。

直哉は、中に入っていた札束を見て腰が抜けそうになった。

軽く五〇万は入っている。

2

研修生のジョシュ時任にも何か仕事をさせないと、あとあと問題になるだろう。本人が駄々をこねはじめても面倒くさい。そう考えた塚田は、捜査車両を新宿まで回すようジョシュに携帯で連絡した。捜査車両はニッサンのエルグランド。最高八人まで輸送可能なので、張り込みや被疑者搬送などさまざまな場面で活躍する。

武捜係のエルグランドには、後部の荷物スペースに銃器が積載されていた。湧井理事官の許可を受け、警視庁の銃器保管庫から持ち出されたものだ。危険な捜査とは思えないので、用意されたのは拳銃のみだ。確実に銃器で武装していて反撃が予想される容疑者の検挙でないかぎり、サブマシンガンやライフルの使用が許可されることはない。

塚田は、組織犯罪対策部の神宮寺からもらったプリントアウトを睨みながら計画を練っている。今から塚田たちはブローカーに「話を聞きにいく」だけだ。誰もいなかったら引き返す。ドアは破らない。だから、令状は必要ない。

情報によれば、テロリストとつながりがありそうなブローカーの数は三人。全員が、本業とは別に表の職業を持っている。塚田が最初に目をつけたのは、新宿歌舞伎町にあるビデオショップだ。歌舞伎町一丁目、ゴールデン街の近く。アダルトＤＶＤ専門店ということになっているが、裏では高性能盗聴器や改造無線、そして飛ばし携帯などを販売しているという。

運転手の松永が、エルグランドを路上に駐車した。駐車禁止の場所なので、トラブルにならないよう付近の地域課、交通課の警官たちに連絡を入れておく。

「捜査するのはいいが」時任が言う。「飛ばし携帯の線がテロ組織につながる可能性は低いと思う。飛ばし携帯が、この日本でどれだけ使われていると？　運任せは感心しないな」

「運任せじゃないですよ」塚田は答えた。「テロ組織が作戦前に必要とする飛ばし携帯の数は一個や二個じゃすまない。私たちが追うのは目立つ大口の取り引き。手がかりにつながる可能性はそれなりに高いと思います。それに、仮に飛ばし携帯が今回の自爆テロに関係なかったとしても、この手のブローカーに脅しをかけておくことは、新たな組織犯罪を予防する効果がありますから」

「そんなものか」

「そんなものですよ」

「係長。防弾ベストは」と、松永千夏が訊いてきた。

係長、と呼ばれて塚田は一瞬戸惑った。その呼び方に慣れるのには時間がかかりそうだ。

「必要ないでしょう」

全員が無線を装着し、拳銃を上着の下にぶらさげた。

塚田と藤堂で店内へ話を聞きにいく。桐谷が裏口で待機。時任は正面の出入り口を押さえておく。松永は車に残って不測の事態に備える。用心が必要な相手とも思えないが、万が一のミスを防ぐためのセオリーだ。

塚田たちが店の中に足を踏み入れた。自動ドアではなく、古めかしい引き戸だった。店内は狭く、どの棚にも卑猥《ひわい》なＤＶＤが大量に並んでいる。隅に一台の防犯カメラが設置されていたので、二人は死角を意識して動くようにする。

客が一人だけいた。営業をさぼっているふうのサラリーマンが、満員痴漢電車というタイトルのアダルトＤＶＤを買おうか買うまいか悩んでいる。

「痴漢は妄想だけにしておいたほうが」と、塚田はサラリーマンの耳元でささやいた。事件には明らかに無関係だったので、さりげなく警察手帳を見せて帰ってもらった。

店の奥に、レジカウンターがあった。安っぽいカウンターに、一目でかつらとわかるおかっぱ頭の中年男が座っている。おそらく店長だ。塚田と藤堂はカウンターに詰め寄った。塚田は長身で、藤堂は元特殊部隊。並んで迫ると迫力がある。

「なんだ」店長らしき中年男が身構えた。

「警察だ」藤堂が警察手帳を開く。「お前が店長か」

「一応……」店長の顔色が一瞬で蒼褪めた。「令状は」

「ありません。話を聞きにきただけですよ」塚田は軽い口調で言った。

「話だって?」

「ここ、売ってるのはいやらしいDVDだけじゃないって聞いてる」

藤堂は軽やかに跳びあがり、カウンターの上に腰掛けて足を組んだ。彼の荒っぽい態度に、塚田は内心少しだけ呆れた。

「こんなの見つけましたよ。『中学校盗撮』」そう言って、塚田は近くにあったDVDを手にとる。「カラーコピーの安っぽいパッケージ。いかにも裏モノっぽいですけど。本当に中学校で何かしていたら大変だ」

「やめてくださいよ刑事さん……なんでも協力しますから」

「じゃあ、飛ばし携帯の話、しましょうか」

「やってないですよ、そんなの。マジで」

「知ってるか。令状なくても現行犯なら逮捕は可能なんだ。で、この店叩いて、埃が出ないわけないよな」藤堂が強い口調で詰問した。

「カンベンしてくださいよ……」

「『はい』か『いいえ』で答えろ」藤堂が凄む。「飛ばし携帯は扱ってるのか。どうなんだ」

「はい……」店長は大量の汗を流している。

この男は動揺しすぎている――はずれだな、と塚田は思った。テロリストと取り引きするような大物には見えない。

「商品の売買記録はもちろんつけてるよな？」藤堂はさらに厳しく攻め立てる。こういった仕事には、明らかに彼のほうが向いていた。相手が容疑者でも、塚田の口調はつい丁寧なものになってしまうからだ。

「見せてもらおうか」

「その、個人情報の保護とか。こっちにも都合が」

「じゃあ、令状とってからまた来ようか」

「それはカンベンしてくださいよォ」

「『カンベンしてくれ』って、お前それしか言えないのか」

藤堂はもう一度警察手帳を店長に見せた。手帳を出す拍子に、上着をはためかせるのが目的だった。ホルスターにさした拳銃を見せつけるためだ。圧倒的な力の差で、威圧する。

「は、はあ……ほんとすんません、すんません」

店長はすっかり怯えきっている。効果は絶大だった。

レジカウンターの下に、モニタとHDDレコーダーがあった。防犯カメラとリンクしている。藤堂は勝手にHDDレコーダーの電源を落とし、店長の頬を平手で軽く叩いた。本当に軽くだったが、店長は「ひいっ」と大げさな悲鳴をあげた。

「任意の協力が欲しいんだよ。それで今日は見逃してやる」

「じゃあ……」

店長がレジの下にある引き出しを開けた。雑然とした引き出しの中には、使い込まれた大学ノートや携帯電話が大量に収納されていた。

「レジに記録が残ってるんじゃないのか」

「こういう店では、手書きが普通です。値段と商品名、ついている場合は商品番号をノートに書き残しておく。レシートは出さない。かといって、何を売ってどの程度売り上げたのか把握していないと後々困ることに……」

塚田は、店長の手から大学ノートを奪い取った。ノートのページをめくる。何をいつどれだけ売ったのか、延々と書き連ねてある。日付の記録があるのは助かる、と塚田は胸のうちでつぶやいた。

飛ばし携帯用の大学ノートらしく、アダルトDVDについては一切記載がない。大雑把に過去半年分の売買記録をチェックする。ほとんどが一台か二台の取り引き。五台の取り引きが二件、六台の取り引きが一件。怪しい取り引きが合計三件見つかったが、いずれもパナソニック製の携帯電話だった。

事件で使われたのは、シャープ製だ。

偽装したか？　と塚田は疑った。警察の捜査に備えて、最初から偽物のノートを用意していた可能性もある――。いやしかし、と塚田は首を横に振った。この店長はどう見ても小物だ。考えすぎだろう。

「一応、このノートはもらっていきます。怪しい連中が来たらすぐに通報してください。とくに、飛ばし携帯を大量に欲しがってるような客です。わかりましたか？」

3

新宿のアダルトDVDショップは結局はずれだった。塚田たちは、そのまま車で池袋に向かった。二軒目のブローカーをあたるのだ。

池袋北口周辺の歓楽街。ラブホテルやキャバクラ、風俗店が軒を連ねている。最近になって店舗型の風俗は数を減らし、無店舗型のホテルヘルスが主流だ。雑居ビルに、風俗店の受付だけが入っていることが多い。風俗案内所や風俗店の受付以外だと、雀荘や個室ビデオが目立つ。

所轄に連絡を入れて筋を通して、エルグランドを目的のビルから三〇メートルほどの位置に停めた。これから調べる店は六階建ての雑居ビルに入っている。一階から五階までを素人ビデオパブや最近珍しい店舗型のファッションヘルスが埋めている。昔ながらの風俗ビルだ。

今度のブローカーは、ビルの六階で電気店をやっている。当然まともな店ではなく、盗撮用のカメラやSMプレイ用のスタンガンなどを扱っている、いかにも風俗街の一角を占めるにふさわしい電気店だ。

塚田は車を降りて、目的のビル周辺を歩き回った。そうやって、人員の配置を考える。まだ昼間なので歓楽街に活気はない。まるで町全体が二日酔いのようだ。

塚田はエルグランドに戻った。

「目的はあの風俗ビルの六階。移動ルートは正面階段、非常階段、エレベーターの三箇所。非常階段はビルの裏手に回ってる」

「今度は俺と塚田警部で店内に踏み込みたいんだがな」と時任。「せっかく研修中だ。塚田警部のやり方をぜひ勉強したい」

何が勉強だ、と塚田は心の中で毒づいた。

「わかった。直接の捜査は私と時任さんで。エレベーターは藤堂、非常階段は桐谷、正面階段は松永で押さえておく」

塚田と時任はビル内に足を踏み入れた。エレベーターを使って六階へ。時任は外国人とのハーフであり、アメリカ育ち。ハリウッドの俳優のように容貌が整っていてスタイルもいい。風俗ビルを一緒に歩くとどうしても目立ってしまう。本当に厄介なお荷物だ。目立ちすぎる存在は刑事には向かない。

「あんたが何を考えてるのかわかるよ」

エレベーターで移動中、時任が言った。

「そうですか？　それじゃあ、刑事じゃなくてエスパーですね」

「大丈夫。俺くらい派手な外見だと逆に刑事には見えない」

「確かに。外国人がホストのバイトしてるようには見えるかも」

「あんた、俺が嫌い？」

「逆の立場で考えればわかるのでは？」

「なるほど。確かに俺は『よそもの』だ。事件捜査の最前線にはふさわしくない」

「それがわかるんなら、必要以上に前に出てくるのはやめてもらえますか」

「こちらにも都合がある。俺の研修はＦＢＩにとってもただの遊びじゃない。すでに、アメリカは世界中で標的にされている。海外でアメリカ人が犠牲になることも少なくない。そういった場合、現地で捜査の主導権を握るのはやはりアメリカであることが望ましい。他国の警察はＦＢＩよりもずっと遅れているからな」

「ＦＢＩよりも遅れている、ですか……」時任の言葉に、塚田はまた苛立った。

「おっと、すまない。口が滑った」

「いえいえ、お気になさらず」

「着いたな。六階だ」

エレベーターのドアが開いた。二人は廊下に出る。

『こちら藤堂、配置についた』無線で連絡を取りあう。

『桐谷、非常階段で待機』『松永、正面階段前で待機』

「配置確認。塚田、これより踏み込む」

正面の出入り口はガラスの片引き戸。店舗は奥に向かって細長く、まるで洞窟だ。店内には、本棚のようなショーケースが並んでいる。基板、トランジスタ、各種ケーブル、ジャンク部品などが棚から溢れそうなほど陳列されているので、実際よりも店内は狭く感じる。

レジカウンターに男が座っていた。レジカウンターは、前面がガラスケースになっていて、接客用カウンターとショーケースを兼ねている。ケースの中には、集積回路やコンデンサーが規則正しく並んでいた。男は塚田と時任に気づいて立ち上がった。新宿のブローカーとは全然違う、強面《こわもて》だ。筋肉質で背が高く、禿頭《とくとう》。硬そうなあごひげを生やしている。

距離をつめながら、塚田は「警察です」と名乗った。

「何の用ですか」

「店長さんですね」

「……はい」

「名前は？」

「張本《はりもと》です」

店長の男――張本は、感情のない声で名乗った。怪しい、と塚田は感じた。落ち着きすぎている。ケチな犯罪者が刑事を見たときの反応とは違う。

「飛ばし携帯売ってますよね？」

「……何のことですか」

ハッタリかましてみるか、と塚田は心の声で独りごちる。

「自爆テロの現場から、奇跡的にシャープ製の携帯電話がほぼ無傷で見つかった」

塚田は強い口調で言った。ほぼ無傷、というのは嘘だ。これで相手が動揺してくれれば塚田の狙いどおり。

「捜査令状を見せろ」張本の目に、冷たい光が宿る。

「いりません。緊急逮捕の指示が出ています」塚田は次々とハッタリを飛ばした。

緊急逮捕、と聞いて張本の目つきが変わった。驚いた猫のような目だ。直後、張本の手がカウンターの内側にあるデスクの下で動いた。やばい、と思った次の瞬間、塚田はジョシュ時任を突き飛ばし自分も後方に跳んだ。張本は、デスクの下からサブマシンガンを取り出した。四・六ミリ×三〇口径。ＰＤＷ。Ｈ＆ＫのＭＰ７Ａ１。高性能で珍しい弾薬を使っているが、アジア圏に大量輸出が始まっているので最近犯罪者がよく使う。

張本は、片手でＭＰ７の弾丸をばらまいた。古いタイプライターを叩く音を、何倍もひどくしたような銃声だった。弾丸がフルオートで吐き出される。

後方に跳んで仰向けに倒れた塚田の上を、何発もの弾丸が高速で通過した。時任の周囲でも弾丸が跳ねて火花が飛び散る。反応が早かったおかげで二人とも無傷だ。素人だと、間近で発砲されただけでパニックに陥り、恐怖で体が動かなくなる。銃声は世間の人間が思っているよりもずっと大きく、心臓や本能を直接ノックする。塚田と時任は、努力と経験で銃声の恐怖を克服していた。

昔の刑事は、一度も銃を使わないまま出世して現場を離れていくのが当たり前だったという。そうはいかないのが、暴力に覆われた暗黒時代の刑事だ。発砲事件の件数は二〇一〇年代の数百倍。そこまで治安は悪化している。

塚田は、ホルスターからＳＩＧ・Ｐ２２９を抜いた。仰向けのまま、三発撃つ。全弾、張本から少し離れた場所を狙っている。威嚇射撃だ。

「抵抗をやめなさい！　武器を捨てて投降を！」

時任も拳銃を両手で構えた。P210レジェンド・ターゲット。塚田は、時任が張本を射殺しないか心配した。なにしろアメリカのデカだ。引き金が軽いイメージがある。

日本の刑事は、相手が犯罪者でも簡単に殺すわけにはいかない。塚田は這うように床の上を移動し、物陰に身を隠しつつ、さらに五発撃った。やはり、張本は狙っていなかった。あくまで牽制《けんせい》が目的だ。P229から九ミリ弾が射出される。鼓膜をつんざく銃声が響く。一瞬の発射炎《マズルフラッシュ》が瞼《まぶた》に焼きつく。空薬莢が飛び出して床の上で跳ねる。

一弾倉撃ち尽くして、拳銃のスライドが後退したまま止まった。塚田は拳銃を振るようにして、素早く空のマガジンを床に落とす。久しぶりの銃撃戦なので少しだけ焦った。予備の弾倉をさしこみ、スライドストップを操作して再び薬室に弾丸を装塡。

『銃声が聞こえました！　突入しますか!?』

待機中の藤堂から連絡が入った。

「待って！　持ち場を離れないでください！」

と、塚田は叫んだ。どうせ張本に逃げ場はない。

張本が、MP7のショルダーストックを伸ばして肩付けに構え直した。射撃姿勢を安定させて、命中精度を上げたのだ。並みのブローカーの動きではなかった。塚田の間近で、高価なマザーボードやグラフィックボードが砕け散った。

時任が張本に狙いを定めた。

「気をつけなさい！」と、塚田は叫ぶ。

塚田の声に反応して、時任の体が小さく震えた。張本の腕を狙っていたのだろうが、塚田に注意されて苛立ったのだ。一瞬の間隙《かんげき》をついて、張本は細長い店内のさらに奥へと逃げ出した。

「裏口……非常階段か！」

塚田は時任とともに張本を追いかけながら、無線を使った。非常階段を見張っている桐谷に異常事態の発生を伝える。

出口はそこしかないはずだった。しかし、張本は非常階段を使わなかった。張本は、窓から路地に飛び降りた。六階の高さだったが、下に大量のゴミ袋が積んであったのでそれがクッションの役割を果たした。もしかしたら、最初から用意していた逃亡ルートなのかもしれない。

窓から飛び降りた先には軽自動車が停めてあり、張本はすぐに乗り込んだ。塚田は窓から身を乗り出し、拳銃を撃ちおろした。タイヤを狙ったが、角度が悪いせいで当たらない。車体を削って火花を散らすだけだ。

「容疑者は六階の窓から飛び降りて車で逃走開始！」無線を使う。「松永さん、車で路地の出口を押さえて！」

塚田は松永の名を出した。正面階段を見張っていた彼女が、武捜係のエルグランドに一番近いからだ。

塚田と時任は、事の成り行きを見届けるために通りに面した窓に向かった。ちょうど、路地から張本の車が出てきたところだ。松永が出口をふさぐのは間に合わなかった。

もし張本に逃げられても、緊急配備ですぐに逮捕することができるだろう。しかし、塚田は武捜係の力だけで張本を確保したかった。所轄に迷惑をかければ、そのぶん部署の評価が下がる。ひいては、塚田やその上司である湧井の評価も。

「お前が声をあげなければ腕に弾を当てて、容疑者の動きを止められた」

隣で時任が言った。

「腕ですか？　そういうときはせめて足を狙ってください」

張本の車を、松永が飛び乗ったエルグランドが追った。路地を出た張本の車が曲がろうとして速度が落ちたので、一気に接近した。松永は、張本の車を狙ってさらに速度を上げた。

エルグランドのフロントバンパーを、張本の車の後部にぶつける。グシャッ、と鋼鉄が潰れる音が響く。

さすが、と塚田は思った。松永も、交通課のエースだっただけのことはある。ぶつけかたが上手かった。張本の車の、後部車輪とリアバンパーの中間を突いたのだ。そこは、移動中の車の弱点と言っていいポイントだ。

張本の車はコントロールを失ってスピンした。松永のエルグランドは最小限の動きで方向転換し、再加速した。スピンしている張本の車の横っ腹に突っ込む。また、派手な激突音が響く。武捜係の車には、こんなときのためにもエアバッグは搭載されていない。

「ミニバンでよくやるよ。車高が高くて振り回しにくいだろうに」

時任が感想を漏らした。

「……あそこまでやらなくていいのに」

塚田は、張本の身の安全を心配した。彼を殺すためにやってきたのではない。

武捜係のエルグランドは防弾装甲が追加された特殊車両だ。だからこそ、松永は思い切ってぶつかっていったのだ。張本の車のドアが吹き飛び、今にも車体が折れそうなくらいだった。地面に、割れたガラスの破片が散らばった。

藤堂が張本の車に駆け寄った。割れた窓から張本の体を乱暴に引っぱり出した。顔面蒼白だが、命に別状はないようだ。張本は低くうめいた。

藤堂は張本を地面に押し倒した。腕関節を極《き》めて、張本の手からＭＰ７サブマシンガンを奪い、後ろ手に手錠をかける。

『サブマシンガンを乱射してきた男を現行犯逮捕』

藤堂が無線で報告した。

塚田はほっと胸をなでおろした。犯人を確保した上で双方に死者なし。

第五章

1

銃器不法所持、銃器使用、公務執行妨害などの罪で逮捕された張本は、警視庁の取調室で弁解録取書という書類を作成される。

「弁護士に電話をかけるなら今ですよ」

と、塚田は取調室で張本に告げた。しかし張本は誰も呼ばなかった。

その後、警察が犯人を検察へ送致するか釈放するかを決める。今回の場合、釈放する理由は微塵《みじん》もない。張本は留置場で一泊してから、検察庁へ送致される。

塚田は、検察庁から張本が戻ってくるのを待っている。当然、その間何もしないわけではない。外堀を埋めるような捜査を続ける。

張本を検察へ送致した翌日の昼間、武捜係の大部屋に湧井理事官がやってきた。そのとき塚田は、捜査報告書を書いている最中だった。銃を使ったあとの報告書は厄介だ。どんな場所で、相手が何をしてきて、こちらがどこで何発、どのように撃ったのか。空薬莢はどのあたりに転がったのか。威嚇射撃はしたのか。どこを狙ったのか――。事細かに記載しなければならない。報告書にはコンピュータ・グラフィックスも使う。警視庁職員が自由にダウンロードできる3Dモデルがあるので、それらを地形データに配置していく。データの入力さえ確かなら、自動で弾道計算まで行われる。

塚田は右手にグローブ型マウスをはめる。このマウスは、手と指の動きでモニタ上のカーソルや3Dモデルの骨組みを操作することができる。ジェスチャー操作という。

昔は、銃撃戦を演じれば相手がどんな凶悪犯だろうと始末書もので、状況や展開によっては出世の道も絶たれてしまっていた。市民を守るための発砲でも、世間やマスコミには非難された。治安の悪化が、逆に警察官たちの仕事をやりやすくしたのだから皮肉としか言いようがない。現在も発砲が奨励されているわけではないが、上司から大目玉を食らうことはなくなった。

「ようおつかれさま」湧井は、右手に紙袋をさげていた。「差し入れだ、塚田。ゴンドラのパウンドケーキ」

「……こんなんで、時任の件をごまかしたつもりですか。半ば騙し討ちで研修生を押し付けるなんて」

「群林堂《ぐんりんどう》の豆大福のほうがよかったか」

「和洋とか、そういう意味じゃなくて」

「ごまかそうとは思ってない。時任は使えるだろう」

「外部の人間ってのが問題なんですよ。最前線のテロ捜査専従班のはずだったのに」

「お前なら上手く使いこなせるさ。あの男を」湧井は気楽に言った。

その態度に腹を立てて、塚田は眉を吊り上げて立ち上がった。

「捜査報告書です。できました」書類の束とUSBメモリを、叩きつけるように湧井に渡す。

「おっと」

「じゃ、私は科捜研に行ってきます」

湧井は頼りになる上司だ。警視庁上層部の誰もが「彼は切れ者だ」と言う。確かに湧井は頼りがいもあり切れ者だが、だからといって「善人」というわけではない。警察のような戦う組織の中にあって有能さを発揮することと善人で居続けることを両立することはできない。湧井は、目的のためなら手段を選ばないきらいがある。そして、他人を利用する術《すべ》を心得ている。

かつて湧井は塚田に「警察組織を内部から改革する」と自分の目的を語った。そのときの湧井は、新任の高校教師のような目をしていた。彼のそんな輝く瞳の裏に、冷徹な計算が常に隠れていると塚田が気づいたのはつい最近の話だ。

警視庁の科学捜査研究所は、千葉県柏に存在する科学警察研究所（通称、科警研）と混同されることが多いが、別の組織だ。科捜研は各都道府県の警察に付属機関として設置されている。警視庁の科捜研では、日本最先端の鑑定・鑑識捜査が行われる。警察内の機関でありながら、科捜研のラボは大学の研究室のような雰囲気だ。塚田は工学畑の出身なので、余計にそう感じる。

「一誠」

「どうも、塚田警部」

白衣にラテックスの手袋という格好で、足利一誠はラボにいた。自爆テロの現場に残っていた証拠を分析中だ。足利の所属はすでに警視庁捜査一課であり、武捜係のフォワードとして現場に出ることも可能だが、やはり医学部卒業の彼が一番得意としているものは科学捜査だ。武捜係はスペシャリスト集団。部署や組織の枠を超え、あらゆる場所に出入りし、必要と思われる捜査はすべて行う。対テロ捜査では、縄張りにとらわれない包括的な捜査が必要になる。塚田の武捜係ならそれが可能なはずだ。

「……銃撃戦になったそうですね」

足利は静かな口調で言った。

「ええ。今報告書を出してきたところ」

「塚田警部は係長だ。危険なことは部下に任せればいい」

「私は現場が好きだから。そういうわけにも」

「……まったく」

足利は表情の乏しい男だ。

それでも、塚田が危険に飛び込んでいくと少しだけ不機嫌そうになる。

まだ、塚田志士子が高校生だった頃の話だ。足利一誠も、同じ高校に通っていた。家も近所で、部活も同じ柔道部だった。

休日、志士子が地元の繁華街を歩いていたら、しつこいキャッチセールスにつかまった。高額なエステの勧誘だった。徹底的に無視するのが一番だが、そうするとたまにキャッチの人間に罵詈雑言《ばりぞうごん》を浴びせられることがある。

志士子は、キャッチの若い男から「シカトこいてんじゃねーよ、このブス」と言われた。むき出しの悪意に志士子は傷つくというより驚く。そのとき、偶然近くを歩いていた一誠がキャッチの言葉を聞きつけた。一誠は冷たい表情のまま、キャッチの男に歩み寄った。志士子が「何をする気だろう?」と思った次の瞬間、一誠はキャッチの男をぶん殴った。激昂することもなく、押し倒し、淡々と殴った。やりすぎない程度のところで、志士子は男から一誠を引き剝がして一緒に逃げた。

「あなたは大病院の息子なんだから」一誠の手を引いて逃げながら、志士子は言った。「暴力沙汰とかまずいでしょう。まったく」

「……俺の知ったことじゃない。腹が立ったら、殴る」と、一誠は答えた。

足利一誠とはそういう男だ。口数は少ないが、志士子の身をいつも案じてくれている。

志士子は一誠を頼りにしている。ただ、不思議なことに、互いに友情の一線を越えることはなかった。おそらく、幼い頃から長く一緒にいすぎたのだ。志士子は一誠のことを兄か弟のように感じている。一誠が、自分を姉か妹のように感じていたら嬉しい、と志士子は思う。

「で、新しい証拠は出ました？」

長い付き合いの二人がどちらも警察官になり、今は同じ部署で働いている。

「飛ばし携帯の持ち主だった井伏については、彼が最後に住んでいた住所の所轄に調べさせています。ヤミ金で糸が途絶えるのがオチでしょう。今は、張本の店から出てきた証拠品を分析にかけてます」

「銃は？」

「張本が使ったのはH&KのMP7サブマシンガン。民間の警備会社あるいは警察や軍隊の特殊部隊用ですが、ブラックマーケットにもそれなりの数が出回ってます。口径は四・六ミリ。発射速度は毎分九五〇発。ライフリングは六条右回り。製造番号は削り取られていました。なので、抹消刻印検出法を」

軍隊や警察用に作られた銃器・弾薬には、ほとんどの場合製造番号が刻印される。密輸業者は、製造工場や販売された地域をわからなくするためにその刻印を削り取るのだ。そこで、科学捜査の専門家たちは抹消刻印検出法を生み出した。刻印が削りだされた場所に特殊な電気を流すと、条件さえよければ文字が浮かび上がる。

「どうでした？」

「番号、出ましたよ。ＭＰ７は韓国に輸出されたもの。現在、外務省を通して大韓民国警察庁に銃と弾の照会依頼を出してます。ただ、向こうは管理がいい加減だから役に立つ情報は何も出てこないかもしれません」

「時間がかかりそう……」

「空薬莢の旋条痕を、科警研のデータベースにかけてみました。日本国内で銃に前科《マエ》はなし。今回、初めて使用されたようです」

「他に何か出てませんか？　張本の店から」

「飛ばし携帯、盗撮用カメラ、盗聴器、発信機。違法改造された強力無線機。ＩＰアドレスを常に変更しながらインターネットに接続できる改造ＯＳを搭載したモバイルＰＣなど。張本が裏で扱っていた商品を大量に押収しました。あと、売買記録はありましたが、顧客リストのようなものは発見できず。これから取り調べで聞き出すしかなさそうですね」

「売買記録に飛ばし携帯はありました？」

「ええ。シャープ製が八台もまとめて、二ヵ月前に売れてます」

「もう間違いないですね。あの張本という男、初めて銃を撃ったわけじゃなさそうだった。テロリストのキャンプで訓練を受けたことがあるのかも」

「第一、ただのブローカーなら多少危なくなっても刑事を殺そうとはしない」

「そういうこと。やばい背景があるんです」

2

自爆テロ発生から一週間が経過した。

渋谷署の捜査本部で、定例の捜査会議が開かれる。

爆弾テロほどの事件になると、捜査本部の捜査員は渋谷署に寝泊りするのが当たり前になる。男子の捜査員は柔道場、女子の捜査員は会議室だ。塚田たち武捜係は、なるべく自宅に戻るようにしている。自分たちの部署に機密性を付与するためだ。

朝の捜査会議——開始は午前九時。

塚田の他に間に合ったのは松永千夏だけだった。

「おはようございます、係長」

「あ、どうも。松永さん」

係長という呼び方にはやはり慣れない。

新藤管理官と成宮捜査一課長が入ってきた。

「まずは報告から聞こう。捜査一課強行犯から」成宮が言った。

「はい」強行犯の係長が立ち上がる。「自爆テロ犯について調べています。ようやく身元が判明しました。柴林太郎《しばりんたろう》。一七歳。まだ高校生です。両親を事故で失い休学中。どういった経緯でテロ組織と接触したかは不明です。より詳細な情報はコピーして配付します」

「次！」

「同じく強行犯です。現場周辺の聞き込みと防犯カメラ映像の分析を続けています。自爆テロ犯……柴は、何度か現場を下見しているようですね。誰か同行者がいなかったか、さらに聞き込みの網を広げる予定です。現場近くに防犯カメラは四箇所。現在ビデオを解析中。すべての映像で柴の姿を確認しています」

「組織犯罪対策部は？」

「爆発物の残骸の線を洗っています。起爆装置は携帯電話とリンクしているタイプ。部品のほとんどはロシア軍の横流し品だと断定。信管はRG・F1という古い手榴弾を改造したものでした。シミュレータを使った電子再現実験も進行中。並行して密輸ルートの特定を急いでいます」

科学捜査では、爆発残渣《ざんさ》が分析される。金属、無機成分の分析には、電子顕微鏡や蛍光X線分析装置、そしてX線回折装置が使われる。硝酸イオンや塩素酸イオンなど陰イオンの分析にはキャピラリー電気泳動が、アンモニアイオンやナトリウムイオンの分析にはイオンクロマトグラフィーが、ニトロ化合物や硝酸エステルなどの分析にはガスクロマトグラフィーが用いられる。

「同じく組織犯罪対策部。第五課です。ＩＥＤに使われた車の残骸を追っています。車種は三菱のミニキャブで確定。メーカーに問い合わせて、販売台数と販売店をつかみました。あと、現在、科捜研がナンバープレートを復元中。報告待ちです」

それぞれの報告を聞いていて、一番核心に迫っているのは武捜係だな、と塚田は思った。自爆テロ犯の少年から組織を手繰《たぐ》るのは無理だろう。少年は明らかに使い捨てだ。

爆弾の部品が密輸品だとすれば、これも手がかりになる可能性は少ない。一九七〇年代以降、テロリストたちは国際的なネットワークを構築しだした。そのネットワークには当然、大規模なブラックマーケットが含まれている。数ヵ国を経由したのち密輸されてきた部品の身元を洗うのは並大抵のことではない。問題は、テロリストたちは国境を越えて協力しているが、世界各国の警察の間では協力体制が整っているとは言いがたいということだ。

ＩＥＤに使われた車は、レンタカーか下手すれば盗難車だ。敵は間抜けではない。

「塚田警部。何か言いたそうな顔だな」

成宮が塚田を見咎《みとが》めた。

「いえ、別に」

「新設の……武捜係とやらはお手柄だったたな。飛ばし携帯のセンから敵組織の末端を逮捕するとはなかなかだ。人員配置表に名前も書かないろくでなしどもだが、さすがは湧井理事官のお気に入りだな」

「どうも」

「よっ、ガンマン」

どこからか、そんな野次が飛んできた。どっ、と講堂が沸く。

「やめんか」成宮が鋭く言った。一言で、場が静まり返る。「昔ならともかく、今は刑事の発砲を茶化すような時代じゃないぞ。撃つときは撃つのがこれからの警察だ」

会議が終わった。塚田は、松永と渋谷署の食堂で昼飯をとることにした。警察署の食堂にいると塚田は大学時代を思い出す。雰囲気が似ているのだ。渋谷署に限らず、どの署の食堂もそうだ。塚田はカツカレー、松永は焼き魚定食を注文した。

塚田は、松永のことをよく知らない。元交通課の女性警察官で、車を使った犯罪やひき逃げ捜査にはとくに強いと、警視庁刑事部長から推薦されたのだ。足利や藤堂と違って、塚田が直接選んだわけではない。

二人で黙々と昼食を口に運んでいると、食堂のテレビで自爆テロ関連のニュースが流れはじめた。『自爆テロに巻き込まれ、渋谷区の病院で治療を受けていた平沼一郎《ひらぬまいちろう》さんが、本日未明死亡しました。平沼さんは全身に火傷を負い、ここ数日昏睡状態でした。これで、事件の死亡者数は一六四名となり……』

若いキャスターが原稿を読み上げていく。ふと松永を見ると、いつの間にかずいぶん険しい目をしていた。

「テロリストが憎いですか？」と、松永に話しかける。

「は？　え、あ。ああ、もちろん」松永は一瞬塚田のことを忘れていたようだった。

「係長。それは好きな人間はまずいないでしょう」

「何か、個人的な恨みが？」

「恨みなんて、そんな……警察官が持つべき感情ではありません」

「そんな建前の話じゃなくてですね」塚田はこの話題を引っぱった。テレビを見ていた松永の目には確かな殺気がこもっていたからだ。「松永さん。私も、テロで家族や友人を失っています。個人的な恨みがないと言えば嘘になる」

「……係長」

「せめて塚田さん、って呼んでほしいんですが」

「確かに私は、個人的な理由でテロリストに復讐心を抱いているかもしれません」

「理由、訊いてもいいですか」

「はい。大切な友人を殺されたんです」

塚田の眉がぴくり、と反応した。

「ただの友人ではありませんでした。私は彼に恋をしていたんです。交通課だったんですが、それを切っ掛けに刑事志望に。変なことを言い出してすみません」

「いえ。ただ、辛いことを思い出させてすみません」

「もう昔のことですし……」

多数の人間が、テロ行為に人生を狂わされていく。一〇年前、誰がこんな状況を予測できただろうか。

「ところで、ナイスドライビングでした」

「ああ……やりすぎたみたいで、なんだか……」

「殺さない自信があったんですよね？」

「車の運転では誰にも負けません。なにしろ、交通機動隊にも所属していたことが」

「交機ですか」

「白バイをぶん回してましたよ。でも、やっぱり捜査が好きで」

女性の白バイ隊員はお飾りの要素が強い。二一世紀になっても、日本の警察の体質は古いままだ。だが、松永の口ぶりから察するに、彼女は交通機動隊時代も最前線で働いていたようだ。技量が周囲の人間に認められていなければ、そうはならない。

検事の取り調べが行われて、張本に一〇日間の勾留《こうりゅう》期間がついた。刑事による本格的な取り調べは、ようやくここから始まるのだ。

勾留はもう一度延長できるので、最長二三日間となる。

警視庁の取調室に張本が戻ってきた。取調室は余計なものは何もない殺風景な部屋だ。隣は監視室になっていて、マジックミラーの四角い窓がついている。机はスチール製で、手錠を固定することが可能。ドラマのように、電気スタンドは置かれていない。あるのはアルミの灰皿とプラスチックの湯呑みだけだ。

「張本行弘《ゆきひろ》。三九歳。茨城出身。間違いないですね」

塚田が言った。取り調べを担当するのは、塚田と藤堂だ。監視室には、記録をとるために武捜係の事務仕事を統括する服部幸三がいる。

塚田の手には、張本が店を構えていた池袋署の刑事たちが作成した身辺調査の報告書や捜査本部の報告書が用意されている。

「間違いないか、って訊いてるんだ」

張本が塚田の問いに答えなかったので、藤堂が凄んだ。

「……はい」

張本は静かにうなずく。落ち着いている。

普通の人間は、尻の穴まで調べる徹底的な身体検査のあと留置場で一泊すると、それだけで弱気になっているものだ。移動中はずっと手錠をかけられているのも、心理的に追い詰められる要因になる。取調室は圧迫感に満ちている。それなのに、張本は冷静沈着そのものだ。やはり、並みの男ではない。

最初は、本籍地、現住所、生年月日、家族構成、学歴、職歴、前科、資産、収入など、基本的な質問が続く。すでに事前の調査で判明していることばかりだが、容疑者に直接確認をとるのが重要だ。それだけで、一時間近くが経過する。

「まずは、銃の話からしましょうか」

塚田は言った。

藤堂が張本の隣に立ってプレッシャーを与える。

「警察特殊部隊用サブマシンガン。簡単に手に入るものではない」

「最近はそうでもないっすよ……」張本がいけしゃあしゃあと答える。

「どこで買いましたか？」

「ネットで」

「それは便利。どこのサイトですか？」

「覚えてないっす」

「あなたのパソコン調べれば、すぐにわかることですよ。銃器を不法所持していた上に、刑事を殺そうとした。重い罪です」

「ニセ刑事に見えた。ヤクザと勘違いしたんスよ。借金あるんで」

ふざけてやがる、と藤堂が舌打ちした。

「飛ばし携帯は？」

「売ってましたよ。それが何か」

「どんな出所の携帯かわかってたでしょう？」

「持ち込まれてくるものを売ってただけですよ。確かに、ウチは正規の販売代理店じゃないんで問題でしょうけど。刑事さんが血眼《ちまなこ》になるほどのもんじゃ」

「二ヵ月前にシャープ製が八台。これ、テロリストに売ったんですよね」

「なんですか、それ」

「自爆テロに使われた携帯が回収されました。あなたの指紋が出てくるかも」

実際には、すでに結果が出ている。携帯電話の表面は焼けていて指紋の検出は不可能だった。

しかし、危険を感じ取ったらしい張本は黙秘を始めた。「…………」

「今度はだんまり、ですか」

「痛いところ、つかれたか？　あ？」

藤堂が張本を軽く小突いた。

「話題変えましょうか。これ見て、どう思います」

塚田は、捜査本部が作成した中間捜査報告書を机の上に広げた。渋谷で起きた自爆テロ事件の被害者の死体写真。女子供も関係なく無残な肉塊と化している。

「私の友達も一人死にました。巻き込まれて」

「俺には……関係ないッス」

「関係あるとかないとか、それは今はいい。あなたの感想を聞きたいだけ」

「いえ、別に。大変ですね」

塚田の古典的な揺さぶりにも、張本は一切の感情を見せなかった。

「あなた……もう、釈放してもいいかもしれませんね」

「なんですか、それ。警部」と、藤堂が驚きの声をあげた。

「釈放しましょう。証拠不十分で。湧井さんに話は通します」塚田はベリーショートの髪をかきあげる。「その結果、張本が警察と取り引きしたって噂が流れるかもしれないけど、それは私が関知するところではありません。あなたの仲間が短気だったら大変なことになるかも」

張本の顔からすっと血の気が引いた。そんなタイミングで釈放されれば、仲間は張本を裏切り者として扱うだろう。間違いなく命はない。

「状況はわかってるみたいですね」塚田は微笑んでみせた。「あなたは、ただの売人じゃない。何を焦ったのかは知りませんが、サブマシンガンを取り出すなんて……あの反応はまずかったですね。何かヤバいネタ握ってます、って自白したようなものです」

張本は顔色や汗の量のせいで動揺を隠せなくなっていたが、それでも黙秘を続けた。ここから先の取り調べは粘りが命だ。警察の強みは、交替で取り調べを行えること。人権保護のため、相手を休ませないわけにはいかないが、時間が経過すればするほど数の力がものを言う。

塚田は、足利と桐谷に取調官を代わってもらった。自分たちはお茶とお菓子で休憩する。お菓子は、湧井理事官が銀座で買ってきたカヌレだ。クレープ生地に蜜蠟を塗ったもの。表面はカリッとしていて甘く、中身は柔らかい。

「ガサかけるかな……」塚田はお茶を飲んでからつぶやいた。

「店はもう粗方《あらかた》調べたんじゃないですか」と藤堂。

「いや、張本の自宅。まだ、あっちは本格的には捜査してません。何か出てくればラッキー、くらいな感じですけど……ところで藤堂さん。捜査課はどうですか？」

「派手なもんですね」

「派手になったのはつい最近ですよ」

「俺好みだ」

藤堂は粗野な口調で言った。ふだんはまともな刑事の振りをしているが、藤堂は間違いなく本来は暴力の世界の住人だ。たまに地が出る。警察官には、犯罪者と紙一重のような荒っぽいタイプが存在する。藤堂はそのタイプだろう、と塚田は思った。

3

塚田は湧井を通して裁判所から捜索差押令状——いわゆる家宅捜索令状を出してもらった。一般的に、犯人逮捕後の家宅捜索は犯人の立会いのもと行われる。張本は手錠で拘束され、腰には縄を巻かれている。マスコミ向けに、手錠や腰縄には布がかけられて隠される。

家宅捜索のために、武捜係からは塚田志士子警部と足利一誠警部補が出向く。張本には、制服警官が二人つく。

武捜係の二人はエルグランドで、張本と制服警官は専用の護送車両で移動する。なにしろつい先日銃撃戦があったばかりなので、用心のために車にはアサルトライフルを積んでおく。塚田のライフルはシュタイヤーAUG・A3。足利はいつもレミントンM870ショットガンを使う。

レミントンM870は、機動隊や海上保安庁、自衛隊の突入部隊でも暴徒鎮圧用に使用されている。足利のレミントンは警察用のカスタムモデルで、マウントレールや伸び縮みする金属製のショルダーストックがついている。

警察の重武装化は、テロの時代になる前から進んでいた。二〇〇二年の日韓サッカーワールドカップ以降、各警察本部はそれぞれ機動隊内に銃器対策部隊を設置。サブマシンガンやライフルで武装した、警察の特殊部隊化だ。銃器対策部隊の他にも、静岡県警のＳＲＰ、埼玉県警のＲＡＴＳ、青森県警のＴＲＴなど、独自の突入制圧班が編成されているケースも増えた。

足利は運動神経抜群で、警察学校時代、機動隊からスカウトが来たほどだった。結局足利は事件捜査の道に進んだが、今も射撃訓練などは欠かしていない。もともと足利の家は金持ちで、親の趣味は射撃だった。家には常に高価な競技用ライフルやショットガンがあった。許可をとると同時に足利は親の銃の一部を譲り受けたので、特にショットガンには思い入れがあり、扱い慣れている。

銃器を用意し、さらに防弾ベストも着込む。ナノテクノロジーを応用した最新の特殊ポリマー素材を使っているので、高い防弾性があるうえに薄くて軽い。

家宅捜索中にアクシデントが発生することは稀だが、それは今までの話だ。事実、池袋では予想外の銃撃戦が行われた。暴力の時代には何が起きるかわからない。

張本の家は、飯田橋にあった。飯田橋二丁目の二階建ての古いアパートだ。

武捜係と護送車両が現場に到着。捜査本部の指揮下にある制服警官たちが、家宅捜索に備えて周囲を警備している。

アパートの前に二台も覆面パトカーが停まっていて、塚田は不審に思った。塚田と足利が車を降りた。自爆テロに関連する家宅捜索ということで、少なからずマスコミが集まっている。カメラに気を遣って、二人はサングラスをかけた。覆面パトカーに近づいていくと、そこにいたのは組織犯罪対策部・組織犯罪対策第二課所属の刑事たちだった。そこには神宮寺警部もいた。

「神宮寺さん」

「塚田か」

「組対二課がこんなところで何を」

「張本をよくここまで連れてきてくれた。家宅捜索は捜査本部の仕切りでやる。人員配置表見てないのか？　組織犯罪対策第二課の仕事になってる」

「そんな馬鹿な」

「馬鹿はそっちだ。いつまでも武捜係の独自路線とやらが通ると思ってるのか」

警察内における縄張り意識は根強い。警視庁と神奈川県警の仲がいつまでも悪いように、これはどんなに時代が進んでもそう簡単には消えないものだろう。

湧井理事官は、フットワークの軽い捜査のために武捜係を創設した。そのフットワークの軽さが、他の部署にとっては目ざわりなのだ。確かに、武捜係の独走が捜査本部の足並みを乱すリスクは存在する。だが、対テロに必要なのはハイリスク・ハイリターンな捜査だ。そうでなければ、組織犯罪の国際化、凶悪化、高速化には対応できない。それがわかっているから、塚田もこの仕事を引き受けた。なぜこんな簡単な理屈が他の刑事たちにはなかなか伝わらないのか。

「……あとで、湧井理事官を通して正式に抗議させてもらいます」

塚田はこれ以上食い下がることの無駄を悟った。

「どうぞ。捜査本部のトップは湧井理事官じゃない。新藤管理官だ」

「仕方ないですね、一誠。張本を渡します」

「ですが……」

「私がいいって言ってるんです。終わるまで車で待ってましょう」

神宮寺も家宅捜索令状を裁判所から出してもらっていた。同じ日に、同じ容疑者の家宅捜索礼状を二枚も出すなんて。裁判所もいい加減な仕事をする。間抜けな話だが、お役所仕事なんてこんなものだ。

塚田たちから張本を奪い取って、神宮寺と彼の部下の刑事、そして二人の制服警官がアパートの二階を目指して階段を上がっていく。外部鉄骨階段だ。共用廊下も、張本の部屋のドアまで外からすべて見える。塚田と足利は、少し離れた場所に停めたエルグランドに寄りかかって神宮寺たちの家宅捜索の様子を見守っていた。

「……嫌な感じですね」塚田はつぶやく。

「神宮寺ですか」

「いや、あいつはどうでもいい。何か、空気が」

——そう、空気だ。

刑事には、場の雰囲気や空気を把握する才能が必要だ。怪しいもの、ちょっとした変化、他人の視線、そういった違和感にいち早く気づくことで、現場でのミスを減らし手がかりも見逃さずにすむ。そんな塚田の才能が、今は危険を告げていた。

不意に、炭酸が詰まったペットボトルの栓をいきなり開けたときのような音が聞こえた。銃器に慣れた塚田の耳には、それが減音器《サプレッサー》越しのライフルの銃声だとすぐにわかった。高速のライフル弾が、階段の踊り場にいた制服警官の胸部を貫通しアパートの壁に着弾した。コンクリートにヒビが入る鋭い音がした。

ピュッ、と警官の貫通銃創から血が噴き出す。

さらにもう一発、抑制された銃声が響いた。今度はもう一人の警官の腹部を貫通した。弾丸の持つエネルギーで体内に瞬間空洞が生じて、内臓が外に押し出される。食らった警官は、突然糸を切られた操り人形のようにがくりと膝から崩れ落ちた。

その警官は、張本を拘束する腰縄の先を握っていた。彼が倒れたことで、張本の身は一時的に自由を得る。

神宮寺は、突然の鮮血に驚いて腰を抜かして尻餅をついた。そのおかげで、神宮寺を狙っていた弾丸は彼の隣にいた若い刑事に命中した。衝撃で頭蓋骨が爆砕し、脳漿《のうしょう》が周囲に飛び散る。鮮血と脳漿を浴びて、周囲の人間は一斉に「うわっ」と顔を背けた。

次の瞬間――張本が逃げ出した。

凍りついたような時間の中、塚田と足利は素早く反応した。エルグランドの後部ドアを開けて、武器ケースのロックを解除。塚田は自分のシュタイヤーAUG・A3を左手に握り、右手でつかんだレミントンM870を足利に投げた。さらに塚田は実弾が詰まったマガジンを二本手にとる。一本はそのままシュタイヤーAUGにさしこみ、もう一本はベストに。

ライフルは絶対に必要だった。拳銃とライフルで撃ちあったら、よほどの実力差がないかぎり拳銃に勝ち目はない。

「一誠！」

「はい！」

足利は、弾倉が空のショットガンを持って周囲を警戒した。狙撃者を探しているのだ。

塚田が、ショットガン用の弾丸――一二番ゲージのショットシェル――が大量にさしこまれたベルトを足利に向かって投げた。足利は、それを一瞥もせずにキャッチ。すかさず銃本体にショットシェルを詰めていって、ポンプアクションで装填する。レミントンＭ８７０には五発入る。

「ダメだ警部。スナイパー確認できず」

足利が言った。

「高層ビルの屋上からでしょう、もう逃げ出しているかも」と、塚田。弾丸の角度でわかった。

「それより張本を」

張本は、手錠をかけられたまま階段の踊り場から飛び降りていた。前転で受身をとって、戸惑う警官たちを尻目に走り出す。

「くっそ！」塚田は駆け出した。「一誠は先回りを！」

「わかりました！」

塚田と足利は二手に分かれた。他の警官や刑事たちは右往左往していて頼りにならない。刑事や警官がライフルで狙撃されるなど、今までの日本ではありえないことだった。何をどうすればいいのかわからなくなっても、仕方ない。

数十メートル走って、張本はオフィスビルとスーパーマーケットの間にある路地に入った。塚田は、路地の入り口で張本に追いついた。

「止まりなさい！」

シュタイヤーAUGを肩付けに構えて狙いをつける。

銃の気配を察したのか、張本は立ち止まった。諦めたのだ。一発も撃たずにすんで助かった、と塚田は思った。

ところが、そんな塚田の安心を嘲笑うかのように激しい銃声が轟いた。警官を殺した狙撃とは違う種類の銃声だった。ダダダッ、と三発。塚田のはるか後方の、道路の向こう側からだ。

やられた、と塚田の目の前が一瞬暗くなった。敵のスナイパーは目的を果たして、もう逃げ出しているのではないか、と勝手に思い込んでいた。それに、スナイパーが一人とは限らなかった。塚田志士子――鉄砲塚らしくないミスだった。

しかし、実際に倒れたのは塚田ではなかった。張本だ。

「張本!?」

胴体に二発、頭に一発。弾丸はすべて張本を貫通し、地面に突き刺さった。爆発的に血のかたまりが噴きあがり、零《こぼ》れ落《お》ちて、どう見ても即死だった。

張本は、ふらりと半回転したあと倒れた。

塚田はシュタイヤーAUGを構えたまま片膝をついて体勢を低くした。振り返って、張本を撃った人間を探す。——が、やはり見つからない。敵は、荒っぽいやり方に慣れた連中だった。

「消されたか……」

先回りした足利が「大丈夫ですか!」と駆け寄ってきた。そんな足利の目が、張本の射殺死体に気づいて微かに丸くなった。「塚田警部が射殺したんですか……?」

「いや。たぶんテロ組織の連中に口封じされた」

「さっき警官を撃ったスナイパーがまたやった……?」

「それはまだわかりません。それより、特別緊急配備と検問の手配を」

「はい。緊急配備《キンパイ》の範囲は?」

「一〇キロ圏配備で出しておいてください。検問は、富坂署、本富士署、牛込署、麹町署管轄内の所定の位置に」

刑事、警察官、そして容疑者の死亡に現場は騒然となった。

救急車が来ても、ケガ人はなく死体を運ぶだけだ。現場の様子を撮影していた報道カメラのテープは、すべて証拠品として警察に押収された。増援として、所轄の刑事や警官が到着。現場周辺を封鎖して捜査が始まる。

神宮寺は、まだ目の前で人が死んだことに呆然としていた。

塚田と足利は、銃からマガジンを抜いてエルグランドの武器ケースに戻した。ライフルはこのあと警視庁の保管庫に返還しなければいけない。

「連絡を受けた」と、湧井理事官がパトカーで駆けつけてきた。

「どうも」塚田は小さく頭を下げた。

「とんでもないことになったな」

「すみません……」

「お前のミスじゃない。家宅捜索は合同捜査本部の仕切りだったそうじゃないか。武捜係が単独でやってたわけじゃない。問題は、現場の警備責任者だよ……これから捜査はどうする？」

「改めて家宅捜索。そして、現場の痕跡を洗って張本を殺した狙撃犯を追います」

「妥当だな。ただ、張本を殺した狙撃犯の行方は捜査本部が追うだろう。武捜係は、あくまで自爆テロ事件に集中してほしい」

「了解しました」

「ところで、検問の成果だが……残念ながら、何も引っかからなかった。手馴れてる上に組織力がある証拠だ」

「キンバイの網にかかってくれたらラッキーだったんですけどね」

「これから大変だぞ」

「気合い入れていきます」

湧井理事官は、捜査本部の新藤管理官と打ち合わせに向かった。周囲が忙しく動いている中、塚田と足利はエルグランドの側でしばし気が抜けた表情のまま立ち尽くしていた。銃撃戦の余韻がまだ残っていた。狙撃犯に狙われている間のプレッシャーは、熊にいきなり襲われたときのそれに近い。圧倒的なプレッシャーから解放された反動から完全に立ち直るのには、もうしばらく時間がかかりそうだった。

「一誠。どう思う？　張本を殺したスナイパーについて」

塚田は、気を紛らわせるため足利に話しかけた。

「口封じのために、やった」

「それは、間違いない。ただ、疑問点が。なぜ……いきなり張本を狙撃しなかったのか」

狙撃犯は、まず警官を撃った。張本を逃がすための狙撃に見えた。しかし結局犯人グループは張本も撃ち殺した。最初の狙撃はただ単に狙いが外れただけだったのか？それとも、まだ塚田たちが知らない情報の中に理由が隠されているのか。

「確かに、気になりますね」と足利。「ところで、狙撃手はどこから狙ったんでしょうか」

「たぶんだけど……」周囲を見回しながら塚田は続ける。「ちょっと高い場所からだと思う。弾丸の入り方に角度がついていた。これから、司法解剖でもっとハッキリしたことがわかるでしょう」

「後方の道路を渡った向こうに、三階建ての雑居ビルが」

足利はその方向を指差した。

「張本を撃ったのはそこでしょうね。あの倒れ方は五・五六ミリかな」

と、塚田も同じ方向を見る。

「最初に制服警官を撃ったのは？」

「もっと高い場所から。七・六二ミリの狙撃銃だと思う」

「つまり、狙撃犯は二人？」

「『最低二人』。組織力が必要ですね」

「七・六二のほうは……ボルトアクション？」

「いや、発砲の間隔が短かったからセミオートのもの」

ボルトアクションとは、遊底《ボルト》と呼ばれる部品を手動で操作することで弾薬の装塡、排莢《はいきょう》、再装塡を行う作動方式。セミオートは、半自動射撃のこと。引き金を絞るだけで次々と射撃することができる。

「第二次世界大戦以降、旧ソ連や第三世界のスナイパーは好んでセミオートの狙撃銃を使用しました。そっちのほうが実戦向きだったから。この場合の実戦とはつまり戦争のこと」塚田は目を細める。「銃のことをよく知ってる連中ですね。油断できない」

4

捜査は、「待ち時間」に入った。警官の犠牲者が出た。しかも狙撃だ。警視庁、警察庁上層部の動きが一気に慌しくなった。鑑識や指揮官クラスの人間が忙しい時期であり、塚田たちのような現場の刑事は今のうちに英気を養っておく。塚田は、わずかな時間を利用してジムに向かった。日比谷にある女性専用のトレーニング・フィットネスジムだ。軽いダイエット用の機器から、女性アスリートのための負荷の強い機器まで幅広く用意されている。深夜まで営業しているので、勤め人でも通いやすい。三階建てで、一階は受付と温水プール。強い負荷がかかる機器がそろっているのは三階だ。

塚田志士子は、ジムの更衣室でトレーニング用のショートパンツとタンクトップに着替えた。まず、体のどこを鍛えるのか軽く計画を立てる。トレーニングは、ただ闇雲に全身をいじめればいいというものではない。鍛えた筋肉は一度休ませないと効率があがらない。筋肉をいくつかのグループに分けて、それぞれ別の日に鍛える。志士子は、このジムで数人の女性ボディビルダーと友達になった。彼女らは体を鍛えることに真摯《しんし》であり、また同じ目的を持った人間にとても親切だった。塚田は、彼女たちから正しいトレーニングの仕方を教わった。

トレーニングの前に、ストレッチも忘れてはいけない。体の筋を十分に伸ばしておかないとケガのもとになる。塚田の傍らには、汗を拭くためのタオルとスポーツドリンクが用意されている。

志士子はトレーニングが好きだ。心が荒れていても体は嘘をつかない。「銃は人を殺さない。人が人を殺すのだ」という言葉は全米ライフル協会のスローガンだったか。それは明らかに詭弁だが、言った人間の気持ちは理解できる。自分の背筋に通っている軸のようなものが微かでも揺れたとき、志士子は特に汗を流すことに集中する。

トレーニングは、体のコントロールとも言える。心と体はつながっている。体を鍛えて、心もコントロールできるような気がするのだ。

筋力アップのために、負荷を持ち上げる。胸部、肩、腕を鍛えるのにチェストプレスやアームカールといった器具を使う。腹筋にはトランクカール、背中にはラットプルダウン。足の筋肉にはレッグエクステンションやレッグカールを効かせる。最大の筋力で一回だけ上げられる負荷のことを１ＲＭと表記する。10ＲＭといえば、「ギリギリ一〇回だけ反復運動できる数」になる。10ＲＭを一〇回でワンセット。塚田はそれを五セット繰り返す。

体を動かしていると、頭も冴えてくる。志士子は思い出す。まず、警官が二人撃たれた。サイレンサー越しの銃声だった。この時点で、狙撃犯が何らかの組織に属していて、ある程度銃器にも詳しいことが推測できる。

そして、刑事が撃たれ、逃げ出した張本も撃たれた。志士子は、彼に銃の狙いを定めていた。志士子のはるか後方の、道路の向こう側から銃声が聞こえた。あれは、フルオートで撃てるライフルの指切り連射だったのかもしれない。目の前で人が殺されたが、恐怖や驚きはすぐに消えた。今はただ、屈辱だけが残った。銃を犯罪に使う、という行為は、志士子にとって銃を汚すことだ。許せなかった。

多数の死傷者を出した自爆テロの捜査中、手がかりを握っているかもしれない男が警察官とともに殺された。やったのは、敵の命はもちろん味方の命も軽く扱える凶悪かつ強力な非合法の組織だ。逃がすわけにはいかない。

「塚田係長ですか?」

声をかけられた。ジムの友人かと塚田は思ったが、だとしたら係長はおかしい。声のほうに顔を向けると、そこには部下の松永千夏が立っていた。松永も、志士子と同じくトレーニング用の服装だった。

「あ、どうも松永さん」

「係長、このジムの会員だったんですか」

「仕事中でもないのに係長はやめてくださいよ」

「私はこういうのはかっちりしているほうがやりやすいんですが」

「私もそうです。でも、係長って呼び方だけは慣れなくて」

せっかくなので、塚田志士子と松永は一緒にトレーニングを行うことにした。トレーニングの中には、補助がいたほうが安全なものもある。塚田は、ベンチに仰向けに寝そべった。

「重さは？」

松永が訊いてきた。

「三〇キロでお願いします」

「結構いきますね」

「一〇キロずつ増やして、最終的には六〇キロにします」

「やりますね、係長」

犯罪者は女だからといって手加減してくれたりはしない。野蛮な話だが、警察内部でも男の同僚から嫌がらせを受けたときに腕力は役に立つ。そういう世界を自分で選んだ以上、やりすぎない程度に体を鍛えるのは自分の義務だと志士子は考えている。

ベンチプレスでは、バーベルをゆっくり動かすと効果的だ。決して勢いで持ち上げたりしてはいけない。ベンチプレス三〇キロで一〇回、四〇キロで一〇回、五〇キロで一〇回、六〇キロで一〇回。仕上げに二〇キロで五〇回。志士子の全身が噴き出した汗で濡れている。

交互にベンチプレスを使って、ひととおり鍛え終えた二人はシャワーを浴びた。私服に着替えて、ジムの売店でプロテインドリンクを購入し、休憩用のテーブルの席につく。

「こんなところで仕事仲間に会うなんて」

そう言って、志士子はプロテインでタンパク質を補給した。

「私も驚きました」

「いいジムですよね」

「はい……でも、係長」

「なんでしょう」

「部下に敬語はやめませんか？　ちょっと、やりにくくて……」

「すみません。これは生まれつきの癖みたいなもので。どうにも」

「塚田係長は見た目と話し方にギャップがありますね。ぱっと見はちょっと怖そうなんですけど、話すと優しくて落ち着いてるし」

「そうですか？」

「かと思えば、トレーニングはハード。銃撃戦にも慣れているらしい。一体、何をどうやったらそんな人間が育つのか」

「………」志士子は、松永の疑問を微笑で受け流した。

「そうだ、塚田係長。少しお時間ありますか？」

「はい、一時間くらいなら」

「ちょっと付き合ってくださいよ。大丈夫、また戻ってきますから」と松永に言われて、塚田志士子は松永の車に同乗した。松永の車は、ＢＭＷ・Ｚ８。チタンシルバーの美しい車体が近くを通る人間の目を奪う。新品なら一千万以上する車だ。

「さすが、車好き。でも、女を口説くための車ですよね」志士子は助手席に座った。

「よくそう言われますよ。やっぱり、女性の目が集まるんです。『どんな金持ちの男が乗り回してるんだろう』って。で、私が乗り込んで一人で運転してるのを見て、ちょっと驚かれたりしますね。自意識過剰かもしれませんが」

「高かったでしょう」

「中古で、かなり破格の値段で購入しました。幸運だったんですよ。それでも、いまだに分割払い中ですが」

銀座の出入り口から首都高速に入った。都心環状線だ。この環状線は、東京都千代田区、中央区、港区を結んでいる。昼間は渋滞になっていることが多い。

「深夜、車の通行量が減ってからこのあたりを流すのが好きなんです」松永が言った。

「『環状線を流す』ってたまに聞きますけど、本当にやってる人に会うのは初めて」

首都高速の環状線は、言わずと知れた首都交通の大動脈だ。松永が音楽をかけた。エイミー・ワインハウスだった。志士子も好きな歌手だ。

「大変なことになりましたね」

「大変なこと？」

「狙撃ですよ。塚田係長の命も危なかった」

「ああ、確かに」

志士子の目の前で張本が撃たれた。犯人は、ついでに志士子も撃ってよかったはずだ。そうしなかったのには、何か理由がある。

「気分転換にどうかな、と思って」

「それで、ドライブに誘ってくれたんですか？」

気を遣ってくれたのかと思うと、志士子は嬉しくなった。

車窓からの風景が、高速で背後に流れていく。風景のほとんどはコンクリートの壁や柱、高層ビル、そして時々トンネルといった具合でどんなに進んでも代わり映えしない。そんな単調な風景の繰り返しが、ゆったりとした音楽と一緒になって逆に心地よかった。

今も、首都の血管は数を増やし続けている。二〇一〇年に、中央環状新宿線の大橋ジャンクション、西新宿ジャンクションが開通した。二〇一四年には中央環状品川線が開通。この街は、さまざまな問題を抱えたまま膨らみ続ける。

深夜のドライブは、予定どおり一時間ほどで終わった。松永は、スタート地点となったジムで志士子を降ろした。

「じゃあ、おやすみなさい。塚田係長」

「今日はありがとう、松永さん。また明日」

自分のインプレッサで帰宅した志士子は、もう遅いので、チキンサラダだけで軽く食事をすませた。それから、家でも一度シャワーを浴びた。寝る前に改めて汗を落としておきたかった。

志士子は寝間着代わりのスポーツ用下着に着替えた。

松永が車で環状線を流すように、人は誰しも気分転換の方法を一つは持っている。志士子にとってそれは、銃だ。志士子は、ウォークインクローゼットから黒いライフルケースを取り出した。その中には、無可動実銃が収納されていた。

無可動実銃とは、弾を発射できないように加工された本物の銃のことだ。弾は撃てないので、鑑賞用の美術品として輸入販売されている。日本刀と同じ扱いだが、日本刀よりもはるかに安全だ。昔は少し改造すれば再び撃てるようになる無可動実銃も多かったらしいが、さすがにここ最近はそんな杜撰《ずさん》な仕事は見かけない。

志士子は三丁の無可動実銃を所有している。今日取り出したのは、ＦＡＬ・Ｌ１Ａ１だ。ベルギーのＦＮ社が開発したアサルトライフルである。最初に開発されたのはフルオート機能付きだったが、発砲時のコントロールに問題があったためセミオート射撃のみのＬ１Ａ１が作られた。無論、評判がよかったのは後者のほうだ。

無可動実銃なので、銃身内部には鉛の棒が詰め込まれて薬室までふさがっている。ボルトの半分がカットされ、機関部やトリガーメカニズムは溶接によって固定されている。発砲は不可能だが、それでもこれはＦＡＬだった。

志士子は、ガンオイルを染み込ませた布で丁寧にＦＡＬを磨いた。銃の手入れをしていると、心が落ち着く。

志士子がまだ学生だった頃に両親が死んだ。

一人取り残された志士子は、近くの親戚の家に居候という形で同居させてもらった。何年も使われていなかった屋根裏部屋が志士子の部屋になった。

決して居心地のいい場所ではなかった。

新しい保護者は母方の叔父叔母夫婦であり、酒屋を経営していた。住居と店舗が一体になった酒屋だった。夫婦は悪人ではなかったが、志士子に無関心だった。なぜそんな二人が志士子を引き取ったのかといえば、ありがちな話だがやはり遺産が目当てだった。叔父叔母夫婦の息子は、遠慮なく志士子に性的な視線を向けた。背が高く、歯並びが悪く、精一杯ファッションに気を遣っていてもそれがまったく徒労に終わるタイプの若者だった。あの下品な目つきはたぶん一生忘れられない。多感な思春期を、発情した犬のような男と一つ屋根の下で過ごすことになってしまい、志士子は気が気ではなかった。

両親はただ死んだのではなく殺されていて、志士子の心は傷ついていたのに、発情したオス犬はお構いなしだった。この頃から、志士子は体を鍛えはじめた。世の中には防げる不幸と防げない不幸がある。防げる不幸に負けるのはただの弱い人間だ。疲弊していく志士子の心を癒してくれたのは、親友の足利一誠とオモチャの銃器類だった。志士子はたとえそれが偽物でも、銃を持つと心が強くなる気がした。秋葉原で買ったエアガンのコルト・ガバメントをしっかりと握り締め、「もしこれが本物ならあの下品な男を簡単に殺せる」と思うだけで少し気分が晴れた。もちろん、銃が本物だったとしても殺しはしなかった。そういう遊びだった。銃は敵になることはあっても、自分の手でしっかりと握っていれば持ち主を裏切ることはない、純粋な力だ。人間の可能性と選択肢を拡張するまさに文明の利器だ。高校を卒業し、志士子は大学に奨学金で入り、家庭教師のバイトで金をため、念願の一人暮らしを始めた。大学では、物理学――特に弾道に関わる分野を熱心に学んだ。使い古された言い回しだが、この世界には二種類の人間しかない。力のある人間とそうでない人間。力のない人間は、ただ人に利用され、下手をすれば利用されたことすら気づかないまま死んでいく。使われる人間ではなく使う人間になるために、志士子は自分を鍛え、学んだ。そして、両親の死を整理するための方法を探し、その結果刑事という道を選んだ。犯罪と戦うことが供養《くよう》だと考えた。両親は、自分たちの死を忘れて娘には平和な人生を送ってほしいと思っているかもしれなかった。だが、それは死者の理屈だ。生きている人間は最後まで戦うしかないのだ。

張本が殺されてから三日が経過した。

自爆テロ事件の捜査は、家宅捜索が襲撃されるという前代未聞の事件によって、日本警察の威信がかかったものになった。一〇〇人以上が殺されただけでなく、さらに身内を殺されたのだ。これが解決できなければ、警視総監以下腹を切る人間の数は一〇や二〇ではきかない。テレビでは連日この事件に関するニュースが流れている。渦中にいる塚田としては、逆に捜査に集中できず鬱陶しいかぎりだ。

その日塚田が向かったのは警視庁だった。武捜係の大部屋で、足利たちと鑑識や科捜研からの報告を検証することになっている。

「塚田志士子警部ですか」

大部屋に向かう途中の廊下で、呼び止められた。

「そうですが……」

「私は警視庁警務部監察官室の渡会《わたらい》警視です」

呼び止めた男が名乗った。警務部監察官とは、警察内部の不祥事、服務規定違反、内部犯の取り締まりや捜査を担当する、つまり警察内部の警察だ。

渡会は老眼鏡をかけていた。もう初老と言っていい外見だが、物腰が落ち着いていて抜け目がなさそうだ。彼が着ているワイシャツには、のりの匂いがしそうなほどしっかりとアイロンがかかっている。

「塚田警部。ちょっとよろしいですか」

「はい？」

「非常にデリケートな問題です。話は湧井理事官の部屋で」

――デリケートな問題？　嫌な予感がした。教師に職員室に呼び出された気分だ。

部屋に入ると、湧井が苦い顔をしていた。「塚田、面倒なことになってるぞ」

「先日、飯田橋での家宅捜索において、有働利光《うどうとしみつ》警部補、城島光《じょうじまひかる》巡査部長が狙撃により殉職。逃亡した張本行弘も何者かによって狙撃されました」渡会が淡々とした口調で言った。

「知っています。目の前で起きました」

「有働利光警部補、城島光巡査部長に向けて放たれた弾丸は三発。そのすべてが命中しました。回収された弾丸は、口径七・六二ミリ。薬莢の長さ五一ミリ。いわゆる三〇八ＮＡＴＯ、ライフル弾。現在、さらに細かい弾種の特定を急いでいます」

すでに知っている事実ばかりだ。

「二人は即死。狙撃犯は三〇〇メートルの距離から正確に急所を撃ち抜いている。間違いなく訓練を受けたプロの犯行でしょう」

「えー……それで？」

塚田は、苛立った。もっと単刀直入に言ってほしかった。

「張本行弘を殺したのは口径五・五六ミリ、薬莢の長さ四五ミリ。ヨーロッパではＳＳ１０９と呼ばれるライフル弾です。旋条痕を調べてデータベースの検索にかけたところ、問題が。張本行弘を殺したのは、あなたのライフル――シュタイヤーAUG・A3から放たれた弾丸です。旋条痕が一致しました」

「そんな馬鹿な！」

塚田は思わず大声をあげた。湧井に目をやる。

湧井は険しい目つきで塚田と渡会を交互に見る。

「それが馬鹿なことかどうかを、これから調査します。事件発生時、張本は逃亡中とはいえ手錠で拘束されていた。反撃の可能性はまったくなかったし、捜査上重要な情報を持っていたのは確実。特殊銃を許可された指定警察官が、丸腰の人間をライフルで撃ったとなれば大問題だ。とりあえず、一度座りませんか？」

渡会が着席を促した。そういえば、今この部屋で座っているのは湧井だけだ。湧井のデスクの正面には、小さなテーブルを囲むようにして三つのソファが配置されていた。塚田と渡会は、向かいあってソファに座る。

「確認します。報告書によれば塚田志士子警部は一発も発砲していないことになっている。それは間違いありませんか？」

渡会の口調が、取り調べ用のものに変わった。

「はい。間違いありません」

「では、あなたが使っているライフル、シュタイヤーAUG・A3があなた以外の人間に使用された可能性はありますか？」

「それはありえません。シュタイヤーAUGは私の手の中にありました」

塚田はため息混じりに答えた。

「ならどうして張本行弘の体内から摘出された弾丸に、あなたの銃の旋条痕が？」

「わかりませんよ。その鑑定を行ったのはどこですか」

「警視庁科捜研です」

「今から科捜研のラボに行って、どのような検査が行われたのか、鑑識の資料と照らしあわせながら確認したい。よろしいですか？」

「わかりました。ただし、私も同行するという条件で」

「構いません」

塚田は、急に綱渡りをしているような不安を味わった。険しい峡谷《きょうこく》を渡る細い綱の上を、強い風が吹《ふ》き荒《すさ》ぶなか、覚束《おぼつか》ない足取りで進んでいく。みぞおちを殴られた感覚にも似ている。人を殺した弾丸と、塚田が使っているライフルの旋条痕が一致した。これは、殺人事件の凶器から自分の指紋が見つかったようなものだ。

第六章

1

上川直哉には彼女がいた。同じ高校の同級生だった。邦画が好きな女の子で、ハリウッド映画好きな直哉とはいまいち趣味が合わなかったが、そんなことはどうでもよかった。映画の好みよりも、一緒にいて楽しいかどうか、それが大事だった。

だが、母が倒れて直哉とその彼女は別れた。

それからは、バイト先で女の子と知り合っても、付き合いが深くなることはなかった。皆、直哉の母のことを知ると自然と距離をとった。

直哉の彼女は泣ける映画が好きだった。恋人や家族が難病にかかって死ぬ映画だ。腐るほど公開されている。若い男女は映画館で泣きたがる。それなのに、実際に身近に難病の人間が現れたら逃げるのだ。母を世話しているうちに、直哉は自分が世界から切り離されていくような気分を味わった。

直哉が今日の夕飯は何にしようか考えていると、再び浪川が上川家にやってきた。

「今日は寿司買ってきたよ」

浪川は、右手に寿司の折り詰めをさげていた。チェーン展開しているような安っぽい店ではなく、江戸前の老舗《しにせ》のものだった。

「あ……本当にすみません」

「気にしなくていい」

部屋にあがった浪川は、仏壇に焼香した。

「この前は、大金をありがとうございました」

「大金というほどのもんじゃない」

「質問があるんですが……いいですか？」

直哉は遠慮がちに訊いた。隣で母親が寝ているので、自然と小声になる。

「父とは、どんな知り合いだったんですか？」

「友人だ」

「僕には、ただの友人とは思えないんです」直哉は食い下がった。

「世の中には知らないほうがいいこともある」浪川はそっけない口調で言った。そのそっけなさが、逆に直哉の疑念を掻き立てた。

「かもしれません。それでも、どうしても知りたいんです」

直哉は、父と浪川の関係よりも、浪川の正体のほうが気になっていた。浪川は、普通の男とは違う——直哉はそう直感していた。

浪川と出会って、直哉は初めて本物の大人を見たと思った。直哉は、学校の教師を「先生」と呼ぶのが嫌だった。彼らは、ただ教員免許をとっただけだ。学生にものを教える資格があるかどうか試されたわけではない。大人と呼ぶにはあまりにも幼稚な人間が多かった。教育学部を出てすぐに教師になったような人間は、下手なフリーターよりも人生経験が不足していた。

そんなふうに他人を軽く見ることに慣れた直哉が、浪川には初対面のときから圧倒された。一歩前に進むだけでも、浪川の場合は重みが違った。一挙手一投足に説得力があった。

「教えてください」直哉は強く言った。相手の目を真っ直ぐに見据える。

「ここだけの話だ」浪川は一瞬直哉の母を見た。「直哉くん。君のお父さんはちょっとした過激派だった」

「過激派……？」

「俺とお父さんは、学生時代からの付き合いでね。ビラを配ってデモを企画して、昔はさんざん暴れたものだった。君のお父さんは、この国をよくするために戦っていたんだ」

2

科捜研のラボと鑑識課の大部屋を行き来して、塚田は張本行弘の家宅捜索中に起きた狙撃事件に関する報告書と資料をかき集めた。城島光巡査部長が撃たれて逃げ出した張本は、数十メートル走ってオフィスビルとスーパーマーケットの間にある路地に入った。塚田は、路地の入り口で張本に追いつき、シュタイヤーAUGを構えて警告。ここまではいい。問題は、直後の銃声だ。

張本を殺した弾丸の空薬莢は、塚田のはるか後方の、道路の反対側で見つかった。塚田は、近くにある三階建ての雑居ビルの屋上が発砲地点ではないかと睨んでいたが、空薬莢が転がっていたのは雑居ビルの側面を走る細い道路の上だ。

塚田がいた地点と、実際の発砲地点は四〇メートル近く離れている。しかし、当時の状況は狙撃のせいで混乱していて、塚田の行動に注目している人間は一人もいなかった。唯一頼りになる足利は、逃げた張本の頭を押さえるために別行動をとっていた。監察官が「塚田志士子は張本を撃ってから張本に近づいた」と考えても不思議はない。

やはり一番の謎は、張本を殺した弾丸と、塚田が使っているシュタイヤーAUGの旋条痕が一致したことだ。

「弾丸の鑑定は自分でやりたいところですけど」塚田は独りごちた。「無理でしょうね」

次に、塚田は武捜係の銃器管理について考える。

SITやSATがそうであるように、武捜係も独自の銃器保管庫を持っている。武捜係の大部屋がある警視庁六階の奥まった場所にある、新設されたばかりの保管庫だ。

保管庫には警務課の係員が常駐している。

芝原《しばはら》巡査部長と北村《きたむら》巡査が交替でやっているのだ。

塚田は、北村巡査からその日の記録を受け取った。

＊

午前十時、藤堂遼太郎。銃種、キンバー社製M1911A1カスタム、FN・SCAR小銃。（使用理由、術科センターでの射撃訓練）

午前十時十五分、桐谷修輔。銃種、キンバー社製M1911A1カスタム、FN・SCAR小銃。（使用理由、同上）

午前十時二十分、松永千夏。銃種、グロック17、MP5サブマシンガン。（使用理由、同上）

午前十一時、塚田志士子、足利一誠。銃種、SIG・P229、ベレッタPx4ストーム、シュタイヤーAUG・A3アサルトライフル、レミントンM870ショットガン。（使用理由、家宅捜索周辺警戒）

午後二時半、塚田志士子、足利一誠。（使用理由、銃返却）

午後六時、藤堂遼太郎、桐谷修輔。（使用理由、銃返却）

午後七時、松永千夏。（使用理由、銃返却）

＊

藤堂と桐谷の拳銃はキンバーのカスタムガバメント。突入任務の際に使うことになるであろう二人の主武装は、FN・SCARだった。陸上自衛隊の精鋭部隊や海上保安庁特殊警備隊《SST》でも採用されている高性能ライフル。

松永はアメリカの警官が好んで使うグロック17。メインではMP5サブマシンガンを使う。このMP5サブマシンガンは、三点バースト機能とFタイプストックがついた日本警察仕様だ。

塚田は、監察官の渡会、理事官の湧井とともに、銃器保管庫の防犯カメラが録画した内容をチェックした。利用記録と映像を照らしあわせる。

「映像、記録を見るかぎり」渡会は言う。「あなたのシュタイヤーAUG・A3が、あなた以外の人間によって外に持ち出された形跡は一切ありません」

そのとおりだ。塚田はうなずくしかなかった。

藤堂、桐谷、松永が術科センターで射撃訓練を行うのはずっと前から決まっていたことだ。武捜係の面々を除けば、銃器保管庫に出入りしたのは警務課の二人だけ。

――ジョシュ時任は何をしていた？

塚田は急にそのことが気になりだした。塚田と足利は家宅捜索。藤堂たち三人は術科センター。しかし時任がどこにいたのかははっきりしない。

「そろそろ、あとのことは我々に任せてもらえませんかね」

「しかし……」

「まだ、自分の立場がわかっていないのか」渡会が語気を荒らげた。

「塚田、仕方ない、自宅待機だ」そう言った湧井は渋い顔をしていた。

一五分後、警視庁の地下駐車場で、塚田志士子は愛車インプレッサの運転席でハンドルに突っ伏していた。なかなか鍵を回すだけの気力がわいてこない。今、自分の身の回りで何が起きているのか。深く息を吐いて、思考の整理を始める。

携帯電話が鳴った。一誠からだった。

こういうとき、長い付き合いの友人の声を聞くと落ち着く。

『話を聞きました。何がどうなってるんですか？』

「私にもよくわからない。とにかく、急いで鑑定の申請を。もう一度、私のシュタイヤーAUGと現場で採集された弾丸を科捜研でチェックしてください。旋条痕を、あなたの手で調べてほしい」

『そう言われると思って、もう科捜研に』

「さすが一誠。どうだった？」

『許可をとって、ラボに塚田警部のシュタイヤーAUGを持ち込みました』

鑑定には、巨大な水槽を使う。水槽に向けてシュタイヤーAUGを発砲すれば、弾丸は水中で勢いを失う。そうすれば、比較検討用の綺麗な弾丸が用意できる。比較用の弾丸と、実際に現場で採集された弾丸の旋条痕を電子顕微鏡で鑑定するのだ。

『残念な知らせです。やはり塚田警部のシュタイヤーAUGから放たれた弾丸だった』

「シュタイヤーAUGは私の手に構えられていた。私は一発も撃っていない。なのに、私のシュタイヤーAUGが張本を射殺した？」

『そんなことは、ありえない。何かの間違いか、濡《ぬ》れ衣《ぎぬ》です。もう少し調べてみます』

「許可がおりるうちに、私のシュタイヤーAUGのデータを集められるだけ集めておいて。そのうち、査問会が開かれる。そのとき役に立つはず。とくに、撃針痕、エキストラクターマーク、エジェクターマーク、チェンバーマークの記録は絶対に忘れないで……」言って、塚田は思わず舌打ちした。「まったく、なんでこんなことに……」

『塚田警部。気を落とさないでください。真実は裏切らない』

「ありがとう、一誠」

塚田は、足利から家に帰るだけの気力をもらった。携帯電話を畳んでポケットに片付けてから、車のエンジンをスタートさせる。帰宅した塚田は、真っ直ぐウォークインクローゼットに向かった。無可動実銃を取り出して、そっと頬をあてる。溢れそうになる涙を瞼で押さえつけて冷たい鉄の塊を抱き締める。銃を愛する女が、銃に追い詰められている。このまま負けてたまるか、銃は私の世界だ、と塚田は心の声でつぶやいた。

その後、塚田は冷たいシャワーを浴びて気分をすっきりさせてから、もう一度今手に入るかぎりの資料を読み直した。張本のことだけではなく、渋谷の爆破テロ事件も忘れていない。大量の情報を頭に刻み込んだあと宅配ピザを注文し空腹を満たしてから、大音量でゲームを始めた。持っている中で一番過激な戦争ゲームでストレスを発散し、気がついたらいつの間にかソファで眠っていた。

電話で呼び出しを受けて、塚田志士子は近所のスペイン料理店に出かけていった。正式な自宅謹慎ではないので、ちょっとした外出なら問題ないはずだ。塚田は、自分の周囲に内務監察の尾行がついていないか一応確認した。

午前十一時。営業開始したばかりのスペイン料理店で、一番奥の席につく。普通の会社の昼休み前なので、店内に客は少ない。店舗は半地下。日本のスペイン料理店にありがちな、薄暗い洞窟のような内装だ。現地から建材を直接取り寄せたという壁が雰囲気を盛り上げている。週末の夜にはフラメンコのショーをやっているらしいが、塚田はまだお目にかかったことがない。

塚田を呼び出した相手がやってきた。

珍しい格好——つまり私服の湧井理事官だった。湧井はハロッズのラムレザー・ジャケットを着用していた。

塚田は魚介たっぷりのパエリアを、湧井はボカディージョを注文した。

専用の鍋で調理するスペインの米料理、パエリア。この店のパエリアは、魚介類の濃厚なエキスやガーリックが絶妙なバランスで利いている。鍋の底のソカレット《おこげ》まで美味い。パエリアの米は、ほんの少しだけ芯を残して炊き上げないと味付けとマッチしない。塚田は、その食感がたまらなく好きだった。

たぶん、外国産の米を使っている。パエリアの場合、それは正解だ。隠し味はワイン。コクがある。

「面倒くさい話になると思うんですが」

と、塚田はスプーンで料理をすくって口に運ぶ。

「食べながらでいいですか。まだ、他の客も少ないし」

「いいですかも何も。もう食べはじめてるじゃないかお前」

「すみません」

魚介類——アサリやエビの味が口の中で広がり、サフランの風味が鼻まで突き抜けた。美味いものを食うと、気合いが入る。湧井は呆れているが、塚田はスプーンを動かすたびに戦う準備が整っていく気分だ。

「俺も食べながら話すぞ」

「どうぞ」

湧井が注文したボカディージョは、スペイン風のサンドイッチ。焼きたてのバゲットを水平に半分に切り、さまざまな具を挟んだものだ。軽い食事にはもってこいのメニュー。湧井にとっては朝食なのかもしれない。

この店のボカディージョは、もちろん塚田も食べたことがある。ボカディージョはただのサンドイッチではない。歯応えがあって、同時にさっぱりしていなければいけない。スペイン本場の味を再現するために、パンの材料をわざわざ向こうから取り寄せているのだ。

湧井の前に置かれた皿には、生ハムとチーズ、アンチョビ、チョリソ、以上三種類のボカディージョが並んでいる。

「どうですか、本庁の様子は」

塚田は訊いた。

「悪い流れだ。監察の渡会警視は、お前が先走ったと決め付けてる」

そう答えて湧井は水を飲んだ。

「決め手は旋条痕の一致ですか」

「張本行弘を殺した五・五六ミリと、お前のシュタイヤーAUGから撃った五・五六ミリ。偶然の一致はありえない」

「でも、銃に詳しい人間ならわかる。無実を証明する手はある」

話しながら、食べながらでも、塚田の思考回路は忙しく働き続けている。

湧井は小さくうなずき、

「そのとおり。だが、よほどの手じゃないとたとえば査問会では逆効果になる。旋条痕の一致はそれほど強力なネタだ。おまけにお前のライフルには撃ったあとの硝煙反応も出た」

「硝煙反応が出るのは当たり前ですよ、しょっちゅう射撃訓練してるんだから」と、塚田は唇を尖らせる。「弾道計算は？」

「弾道計算ソフトは、お前の位置から撃ったにしては着弾点がおかしいという結論を出した。だが、弾道は些細な要素が加わるだけで大きく変化する。この程度のシミュレーションじゃ証拠にはならない」

「張本を殺した弾丸、空薬莢から指紋は？」

「検出されなかった。手袋をつけて装塡し、さらにあとから拭きとった痕跡が」

「やったヤツは、本気で私をハメる気ですね」

弾丸には指紋が残りやすい。発射された弾丸と、発射後排出された空薬莢。弾薬箱から取り出すとき、弾倉に弾を込めるとき、手袋をつけたままではやりにくい作業時にうっかり触れてしまうのだ。しかし、張本を殺した犯人は違う。

「こんなことになったのも、武捜係が発足したせいだ。すまない」

湧井がため息をついた。

「なんですか、それは」

「巻き込んでしまったかもしれない……武捜係を発足させたのは、私一人の意思ではない」

「初耳です」

「捜査一課内の対テロ専従捜査班。捜査一課特別武装強行犯捜査係。略称武捜係」

武捜係は湧井の念願だ。日本政府がいつまでもアメリカ政府への盲目的な追従を続けている以上、テロの標的になるのは時間の問題だと彼は考えていた。湧井は四、五年前から動いていて、強行犯捜査係の一部に対テロ捜査のノウハウを積ませた。ところが、湧井の一番のお気に入りだった塚田が自爆テロ未遂の少年を射殺し現場を退き、残った湧井の子飼いの部下たちもさまざまな理由で各地に散らばっていった。

「日本国内で発生したテロ事件に関して、妙な動きがある。いくつか、テロがからんだと思われる事件で、とんでもない方向から横槍が入ってきて結果的にうやむやにされた」

「つまり、もみ消しですか？」

「そう。捜査中止だ」

「とんでもない方向……センセイ方面？」

塚田は探るように言った。センセイ。つまり国会議員のことだ。

「さすがだな」湧井は肯定した。

捜査のもみ消しは一般的にはフィクションの中の出来事だと思われているが、実際に起きている。政府関係者の飲酒運転や速度違反を見逃すのは日常茶飯事。両手両足縛られて首を切られた人間が自殺と断定されたりもする。

「珍しい話でもないですからね。親中派ですか」

「違う。親米派だ。与党最大派閥京神会」

「親米派がなんでテロ捜査に首を？」

「わからん。だが、センセイに邪魔をされるのが嫌で武捜係を作った」

「こちらのバックは警察庁と防衛省制服組ってところでしょうか」

「本当に話が早いな」

「最近の政治情勢を考慮すれば当然の推測です」

思っていたよりも厄介な事態に巻き込まれたようだった。湧井は捜査一課の理事官。それほどの役職になると、警察官だけでなく政治家としての側面も出てくる。敵も味方も、スポンサーやバックの存在がなければ戦えない。最終的にはパワーゲームだ。

ここで、塚田にも話の先が読めてきた。

「なるほど。この私がハメられそうになってるのも、湧井理事官が言う『妙な動き』の一環かもしれない、と」

「そういうことだ。塚田志士子警部を罠にハメた人間が何者で、何を狙っているのかはわからない。だが、渡会警視の狙いは見える。誰かが仕掛けた罠に便乗し、塚田、そして武捜係を潰しにかかってきている」

「渡会警視もこの罠に関わっている？」

「滅多なことは口にするもんじゃない。そこまですることはないと思うが……」

「手錠で拘束されていた張本を問答無用で射殺したのが本当に私なら、確かに武捜係の存続は不可能ですね」

「ああ。三日後、査問会が開かれる」湧井の声は重かった。「それまでに、家宅捜索を襲撃し、張本の口を封じた真犯人とその黒幕の目星くらいはつけておきたい」

「なんとかしてみます」

「できるか？」

「やるしかないでしょう。何もしないまま武捜係を続ける方法が？」

「ああ。何もしなければ、そこまでだ」

「誰が私をハメようとしているのか？　考えられる可能性は三つです。一つ、武捜係を潰そうとしている警察内の敵対勢力。二つ、張本の口を封じて同時に警察にダメージを与えたいテロ組織。三つ、まったく無関係の過去の怨恨」

「問題は、張本を殺した人間と、お前に濡れ衣を着せた人間が必ずしも一致するかどうかはわからないということだ」

「そのとおりです。張本を殺したのがテロ組織だとしても、それが警視庁の監察にまで手を伸ばしているとは考えにくい」

「そうとも言い切れない。テロ組織とつながりのある政治家もいる」

「それを考え出すと、もうキリがない」

「キリがないから大変なんだよ」

犯人を突き止めるのには時間がかかりそうだ。おそらく、黒幕には手が届かないだろう。届かないというか、黒幕を倒しても意味がない。ハリウッド映画ではないのだ。泥の投げあいになったら組織全体がダメージを負って終わる。

塚田は、武捜係と自分のことに集中することにした。邪魔してきた政治家まで潰そうとは思わない。とりあえず、自分の身の潔白を証明し、武捜係を存続させることができればそれでいい。

話しているうちに湧井も食事を終えた。塚田と湧井はどちらも甘いもの好きだ。デザートも注文した。名前は、クレーマ・カタラーナ。フランスのクレームブリュレに似たお菓子だ。カスタードクリームをカラメルで仕上げる。熱さが特徴だ。エスプレッソと実に合う。

洞窟の一番奥のような四人がけのテーブルで話しあう塚田と湧井。そこに、迷わず近づいてくる人影があった。この店の内部を知り尽くしているその足取りは、足利一誠のものだった。

「どうも」足利は頭を下げてから湧井の隣に腰をおろした。「張本のアパートで、二回目の家宅捜索が行われました。厳戒態勢でしたよ」

「何か出てきた？」

「武器弾薬、あとクスリ。冷たいヤツ」

「クスリ？　ちょっと意外」

「不純物プロファイリングの結果、別の事件とつながりました」

麻薬にも個性がある。麻薬は、その産地によって微妙に成分が異なる。合成麻薬の場合は、工場によって質が変わる。麻薬の個性を追いかける捜査を、不純物プロファイリングという。ガスクロマトグラフィー《GC》、質量分析装置《MS》、赤外吸収スペクトルを使った分析と検出が行われ、麻薬の化学指紋がとられる。

「もしかして……」

「そう。浜松町の件です」

事件が発生したのは浜松町二丁目。

ヤクの売人らしき男が射殺死体で発見された。九ミリを三発食らっていた。

「第二強行犯捜査一係の福島さんが中心になって捜査を進めていたはず。あの事件の責任者は湧井警視ですか」

「いや、帳場は別の管理官に任せていた」

「報告はあがってきてますか？」

「とくに進展はないが、継続捜査中だと」

「……は？」塚田と足利は思わず顔を見合わせた。

「すでに主力は捜査をやめた。実質的には捜査本部も解散している」

継続捜査中と言えば聞こえはいいが、要するに迷宮入りのことだ。説明を求められたとき、被害者の遺族に「迷宮入りです」とは言えない。継続捜査中、となる。継続事件は、初動捜査に失敗したときに発生しやすい。

「そんな馬鹿な……」ここで塚田は、さっきまでの湧井の話を思い出した。「それが、京神会の横槍につながるわけですか」

「そういうことだ」

「京神会？センセイの線ですか」と足利。

京神会は典型的なチキンホークの集団だ。チキンホークとはアメリカで生まれた政治俗語で、軍事活動を奨励しているが、自分は戦地に赴《おもむ》いたことがない政治家、官僚、評論家などを指す。現場のことは考えずに、既得権益にしがみつき保身しか頭にない老人の群れ。

「まあいいや、一誠。これから浜松町の件も資料と情報を集めて。ところで、私のシュタイヤーAUG、家宅捜索襲撃の件は？」

「持ってきました」

足利は、鍵付きの黒い書類ケースを持ってきていた。それを、小さな鍵と一緒に塚田に手渡す。中身が詰まっている重さだった。

「あとで資料読めばわかることだろうけど」と、塚田は一度断っておいてから、「今、気になってることをいくつかすぐに教えてほしい。襲撃犯の発砲地点は特定できた？」

「張本を殺した犯人の銃の空薬莢が転がっていたのは、塚田警部が立っていた路地の入り口のはるか後方、三階建て雑居ビルの側面を走る道路の上でした。しかし、正確な発砲地点は違います。発射炎の残滓《ざんし》で特定できました。雑居ビルの屋上です」

「発射炎の残滓は屋上を囲む柵から採取できたってところかな」

「そのとおりです」

「柵で銃を支えたんだ。二脚は付いていない」

「ちなみに、ライフリングは四条右回りでした」

塚田は思い浮かべる――。セミオートの狙撃銃。四条右回り。口径は七・六二×五一ミリ。

二脚は付いていない。無改造に近い。柵の隙間から伸びるサイレンサー付きの銃口――。

――H&Kのスナイパーライフルか？　仮に、PSG1だとしよう。スペック的な辻褄は合う。だとしたら、金がかかっている。軍用の高性能銃だ。

「空薬莢が落ちていた路地は、ビルの右側？　左側？」

「右側です」

足利がそう答えると、塚田はほっと胸をなでおろした。

「査問会は乗り切れると思いますよ」

「自信があるようだな」

「敵も頑張ったみたいだけど、この罠には大きな穴が」

「どんな穴だ」

「今説明すると長くなるので」

「お前はなんでこういう話をしたがらないんだ。何かに気づいても、自分の懐にしまっておくだろう」

「そうでしたっけ」心当たりはあったが、塚田はとぼけてみせた。気づいたことを懐に隠すのは、学生時代からの癖だ。手品師のタネのようなもので、いくつか大事なことを隠すだけで心理的な駆け引きが有利に運ぶ。

「浜松町の件もそうだぞ。どうして空薬莢を見ただけでベレッタだとわかったのか。まだ説明してもらってない」

塚田は前後の会話を思い出して「ちゃんと、科学捜査の本は読みました？」と逆に訊ねた。湧井は一瞬しまった、という顔をしてから、「いや、まだだ」と首を横に振った。

「忙しいから、ですか？」

「すまない」湧井の立場は塚田よりも上だ。しかし、素直に謝った。

「一誠はわかるよね」

「まあ、大体は」

「私だけバカみたいじゃないか」

「じゃあ、説明しますよ。空薬莢を見ただけで銃種をある程度絞り込むことは簡単です」

「空薬莢のどこを見るんだ？　九ミリなんてありふれた弾丸だ。いろいろな銃で使用できる」

「撃針痕を見ればいいんです」

「撃針痕？」聞き慣れない単語に、湧井は目つきを険しくした。

「銃と弾丸のシステムを簡単に説明しますね。弾丸は、薬莢の底をピンが叩くことによって射出されます。そのピンが撃針です」

塚田は、水が注がれたコップを持ち上げ、その底を叩きながら続ける。

「もうちょっと細かく言うと、叩くのは雷管です。撃針が雷管を叩くと、発火する。その火が発射薬を爆発させて弾丸が飛ぶ。もうおわかりでしょう。撃針痕とは、空薬莢の底、雷管に残った『へこみ』のことです」

「ああ。そういうことか」

「撃針痕は旋条痕と同じく、銃器弾薬の指紋とでも言うべき存在です。この世に、まったく同じ撃針痕は二つ存在しない」

「お前は、現場に落ちていた空薬莢の撃針痕を見ていたのか」

「そうです。メーカーごとに撃針痕にも特徴がある。もっとも、同じメーカーの同じ銃の種類でも撃針痕には微小な差異が出るんですけどね。撃針痕には二つの特徴があって、それは形式特徴と固有特徴に分類できます」

「その二つの特徴はどういう違いがあるんだ」

「たとえば、グロックというブランド。グロックは多数の拳銃を製造、販売しています。九ミリのグロック17、四〇口径のグロック24、三五七口径SIG弾薬仕様のグロック31など。たとえ口径が違っても、グロックが製造する拳銃の撃針痕はどれも似ているんです。それが形式特徴。

一方、グロック17が二丁あるとしましょう。どちらも見た目は同じ銃ですが、中身は微妙に異なる。工場で大量生産する以上、完全に同一の部品を製造することは不可能に近い。性能は変わらなくとも、その撃針痕は電子顕微鏡で検査すれば必ず違いが出てくる。同じ銃種の微妙な撃針痕の差異を、固有特徴と呼びます」

「お前の話はわかりやすくて助かる」

「浜松町で発見された射殺死体の側には、九ミリの空薬莢が転がっていました。撃針痕はキレイな丸形で、へこみが深い。一目でベレッタだとわかりましたよ。まあ、銃種が特定できたのはそんな理由です」

「旋条痕に、撃針痕か。いろいろあるもんだな」

「まだまだ。弾丸や空薬莢に刻まれる証拠は、他にもたくさんありますよ。犯人は弾丸の指紋を拭きとっていたらしいけど、そんなんじゃ全然足りない。銃器や弾薬は、証拠の塊みたいなものです」塚田は言った。「本来、向いてないんですよ、陰謀には」

「そういうものか」

「ええ。弾道は数学、物理学です。嘘をつかない。どんなトリックを弄しても、相手の体内に弾丸という物的証拠が残る可能性が高い。撃った犯人にも、火薬の反応が出る。銃は戦闘で人を殺すための道具です。ミステリの小道具には使えません」

「罠にハメられたまま終わるような鉄砲塚じゃないか」

「そのとおり。少なくとも、敵は銃を使うべきじゃなかった。銃を使った犯罪は私の専門です。この分野なら、絶対に負けない」

スペイン料理店に客が増えてきたので解散した。湧井は自分の車で帰った。足利はタクシーだったので、帰りの足をつかまえるために少し歩くことになった。塚田と足利は、しばらく二人で並んで歩く。

足利の視線が、一瞬塚田の右手首にいった。

そこには、古い小さな火傷の痕がある。塚田と足利の、絆の傷。

「気をつけてね」塚田は前を向いたまま言った。

「何にですか」

「おそらく、内部に裏切り者が」言ってから、塚田はくすりと小さく笑った。

「どうしました」

「いや、自分で言ったことにウケたの。裏切り者なんて、まるでスパイ映画じゃない」

「まったく」と、塚田の余裕に少し呆れて足利は肩をすくめた。「しかし、さっき京神会の話を聞いて納得しました。二回目の家宅捜索の後、塚田警部のシュタイヤーAUGが監察に押さえられたんです」

「そんな。押さえられたっていうのは、証拠品として押収されたってこと？　すでに科捜研に持ち込まれていたのに？」

塚田は自分の耳を疑った。

監察の連中が、塚田のシュタイヤーAUGをまともに調べるわけがない。

「はい。重要な証拠品なので監察が確保しておく、と」

足利はタクシーを探しながら続ける。

「自分たちが捜査に使うから他の部署は触るな、と。横暴ですよ。早めに動いておいて正解でした。あと一日遅れていたら、科捜研に持ち込めなかったかも」

「そうなったら、完全にアウト」

「捜査一課、鑑識の動きは、完全に制限されつつあります。何かあったとは思ってましたが、圧力だったんですね」

足利に気づいたタクシーが数メートル先で停止した。「ではまた」と言い残して、足利は車に乗り込んで帰っていった。走り去っていくタクシーを、塚田はしばらく眺めていた。どこか遠くに行きたい気分だ。


塚田と別れた足利は、浜松町の件について情報を集めるために一度警視庁に戻った。捜査一課の大部屋でパソコンを起ちあげて、今動いている捜査本部と刑事の配置を確認する。目的は、捜査一課・第二強行犯捜査一係の福島だ。間違えないように、顔写真も見ておく。

浜松町の事件は継続捜査に切り替わり、福島はすでに別の捜査本部に所属していた。巣鴨で強盗殺人事件だ。捜査本部に配属された刑事が事件をかけ持ちすることはない。

足利は、警視庁の駐車場に停めていた自分の覆面パトカーで巣鴨署に立っている捜査本部に向かった。年寄りの原宿といわれる巣鴨の治安を維持する警察署は、なぜか巣鴨駅よりも大塚駅に近い場所に位置する。受付で、福島がどこにいるのか訊ねる。係の人間が内線の電話で確認する。

ちょうど、巣鴨署の講堂では捜査会議が行われていた。福島はそれに参加しているはずだった。足利は、講堂の外の廊下で会議が終わるのを待った。

三〇分後。人が講堂から外に出はじめた。足利は、福島を見つけ出して声をかける。

「すみません。捜査一課の足利です。福島警部補ですか」

「そうだが」

「ある事件について知りたい。協力してもらえませんか」

「ある事件ではわからんな。物事は正確に言うようにしろ」

「浜松町で起きた射殺事件です。麻薬がらみの」

その言葉を聞いた途端、「何を今さら」と福島の鼻息が荒くなった。

「詳しい捜査報告書が欲しい」

「終わった事件だ」福島は吐き捨てるように言った。

「終わった？　本気でそう思ってるんですか」

「俺の意見はこの際どうでもいい」

足利は福島の肩をつかんで引っぱった。給湯室が空いていたので、強引に連れ込んだ。足利は福島をぶつけるように棚に押し付けた。給湯室のカップや湯呑みが揺れて音をたてた。

福島は足利が強い力を出したので目を丸くした。

「上から圧力かけられて、平気なのか」

背の高い足利が、福島を威圧的に見下ろす。口調も荒っぽくなった。

「平気なわけねぇだろ。いい加減にしねぇとぶん殴るぞ」

しかし、福島も怯《ひる》まない。背は低くとも、筋肉の塊のような男だ。

「お前、それでも刑事か？」

足利の一言で、福島の表情が凍《い》て付《つ》く。

「……なんだと？」

「怒りを犯人じゃなくて俺にぶつけるのか。被害者のことも少しは考えろ」

刑事を長くやっていると、刑事としての本能が自然と芽生える。人間の本能とは関係ない、刑事特有の本能だ。犯人、あるいは被害者という言葉を聞くと、その本能に火がつく。

「迷惑はかけない」

「お前がこの事件の犯人を追うのか？」

「それをやったら、また上のワルが動くだろう。この事件の犯人は、別件にからんでる可能性が高い。そっちでアゲる」

「勝つ見込みはあるのか」

「あの鉄砲塚の仕切りだ。抜かりはない」

「……いいだろう」

足利は、福島とともに警視庁へ向かった。福島は、理不尽な命令で役に立たなくなった大量の資料や報告書を宝石のように大事に保管していた。捜査一課の大部屋で、足利は浜松町男性射殺事件の中間捜査報告書を受け取る。

「鑑識、聞き込み、被害者周辺の情報。全部報告書にまとまってる」

「助かる」

二人は、使われてない取調室に入った。取調室には、灰皿が置いてある。一部の刑事は、取調室を喫煙所のかわりにすることがある。今は警察署もほとんどが禁煙だ。足利はタバコは吸わないから、福島に付き合う格好だ。タバコやライターの扱いから、福島がヘビースモーカーなのは明らかだった。

紫煙をふかし、灰皿にタバコの先端を押し付ける。そして、福島は言う。

「気をつけていけ。たまにこんな事件がある。刑事になってから何度か部署を変えつつ、定年まで過ごす数十年。その中で、何回か理不尽な思いをする。どんな刑事でもそうだ。政治的な理由で証拠がもみ消されたり、お偉いさんのバカ息子がしでかした不始末を見逃したりもする。決して自分たちが正義の味方ではないことに気づいて疲弊していく。諦めるのが早くなる」

「それでも、犯罪を憎んでいない刑事などいない。少なくとも現場には」

「さすがに若いな。足利警部補」

福島は苦笑し、続ける。

「お前、大病院の御曹司《おんぞうし》だってな。家は大金持ちで、お前自身も医学部を優秀な成績で卒業したらしいじゃねえか。どうしてデカなんかになった？　しかも、キャリアになって出世を目指しているわけでもない」

「いけませんか」

「おまけに無愛想ときた」

「それは関係ないでしょう」

「不思議だ。理由が知りたい」

「医者は悪い医者を逮捕できない。刑事は悪い医者を逮捕できる」

「医者が嫌いか」

「親父が嫌いです。これ以上は話したくない」

「わかった。これ以上はやめておこう」

受動喫煙が嫌で、足利は取調室を出た。必要なものは受け取った。今日の足利は忙しい。これからまた塚田に会いに行く。

早足で廊下を歩いていると、突然肩をつかまれた。FBIのジョシュ時任だ。

「何をやってるんだ、足利警部補」

「時任捜査官。おつかれさまです」

「質問に答えろ。塚田志士子警部の査問会が終了するまで武捜係は活動停止だ」

「それは正式な決定ではありませんが……」

「いいか、こっちも忙しい。お前と長話をするつもりはないんだ。妙な動きはやめろ」

「どうしてあなたが仕切ろうとするんですか？」

言って、足利は時任の手をつかんで払い除けた。手を払われて、時任は苛立ちを隠さずに握り拳を作った。時任は握り拳に力を込め、足利を殴りそうな素振りを見せたが、結局ゆっくりと拳を開いていった。

「私はＦＢＩから研修で来た身だが、警部待遇だ。湧井理事官と塚田警部を除けば、武捜係で最も階級が高いのは私になる」

「私が動くと何かあなたに不都合でも？」

「私は、この武捜係で何らかの成果をあげてからじゃないとＦＢＩに戻れないんだよ。下手なことをされると……」

「失礼します」

足利は歩き去ろうとした。

「私を無視するな！」

時任は声を荒らげた。もう一度、足利の肩をつかんで強引に振り向かせようとする。足利は肩を引いてその手をかわした。時任は苛立って舌打ちをこぼす。

「塚田警部のためか」

「事件解決のためです」

「塚田警部の何がいいんだ？　資料を読んだぞ。彼女は子供を殺した」

足利の眉がぴくりと動く。「……あの発砲は的確な判断だった」

「そうかな。殺したのはやりすぎだ。まともな刑事じゃない。あんなのに付き合ってたら、足利、お前までいつか職を失うぞ」

「殺したんじゃない。死んだんだ。はき違えるな」

「つまらない言葉遊びはどうでもいい。あれは塚田警部のミスだった」

「あんまり調子に乗るなよ、ジョシュ時任。いいか！」

足利は時任の襟首をつかんだ。力を込めて、時任を壁に押し付けた。足利は無表情だった。ただ、深く黒い瞳が鋭く光っていた。足利は腕力がある。肩幅も広い。並みの人間なら震え上がるところだが、時任は平然と睨み返した。

「俺も事は荒立てたくない。これ以上俺を怒らせるな」

足利は強く、早口で言った。

「資料を読んだと言ったな。時任さん。なぜ、塚田警部が対テロにあそこまでこだわるのか、書いてあったか」

「いや……」

「両親だ」足利は、絞り出すように言った。辛い体験をしたのは塚田だったが、あの事件、そしてあの頃のことを思い出すと、足利の胸にも苦い痛みが走る。心が鎖で締め付けられる痛みだ。

「資料には、両親は高校生の頃に死亡、とあった」と時任。

「ただ死んだんじゃないぞ。塚田警部は、両親をテロで失ってる。自爆や特攻に巻き込まれたんじゃないぞ。拉致《らち》だ。世界で同時多発的に発生した拉致事件。拉致後、塚田警部の両親は処刑された。その様子はネット上で公開された。まだ高校生だった塚田警部は、ノートパソコンのモニタ越しに両親の最期をみとった」

その事件のことはもちろん時任も知っていた。世界中に衝撃を与えたテロ事件だ。塚田の身に起きたことを完全に理解して、時任は言葉を失った。

「塚田警部はレバノンで両親を拉致され、レバノンで初めて人を殺した。確かに、塚田警部は普通の刑事とは違う。俺たちとは違うものを見てきた人だ。だが、それはむしろ強みだ。テロ事件が凶悪になればなるほど、塚田警部は力を発揮する」

「……ふん」時任は鼻を鳴らした。それが精一杯だった。

「塚田警部をハメたヤツがいる。俺はそいつを許さない」

足利は時任から手を離した。

時任は、乱れたスーツの襟を整える。

3

一組の男女が、新宿三丁目のラブホテルに入っていく。

昼間のフリータイム。宿泊ではなく休憩で部屋のキーをとる。玄関を入ってすぐに設置されているパネルを見て部屋を選ぶ。ラブホテルの場合、フロント周辺は他の利用者や従業員と顔を合わせないように配慮されている場合が多い。

二人はエレベーターで部屋に上がった。料金は部屋の精算機で前払い。けばけばしいデザインのダブルベッドが部屋の中央に設置されている。しかし、この二人にベッドを使うつもりはない。冷蔵庫には、サービスでペットボトルの緑茶があった。

「使うか」ガラス張りの浴室を見ながら、男が言った。

「まさか」女は男の提案を一笑に付した。

「最近のラブホテルにはカラオケやテレビゲームもあるのか」

「アダルトグッズの自動販売機もある。そんなことより真面目な話を」

「ああ。以降の計画をCDに焼いてきた。ネットに接続していないパソコンでチェックを。暗号化されているので、チェックが終わったら処分してくれ」

「了解」

「次の作戦も、準備は順調に進んでいる」

「爆弾は？」

「もちろん。火薬量は前回よりも多い。ＩＥＤ用の車両も二台になる」

「中東や朝鮮半島の組織に感謝しないと」

「一九七〇年代から、反体制派は国境を越えて手を取りあってきた。インターネットの普及、通信の高速化。アメリカ帝国主義に基づくグローバリズムとやらの恩恵さ」

「一九七〇年代……パレスチナ解放人民戦線《PFLP》、黒い九月、ドイツ赤軍」

「若い連中は知らないだろう。日本のテロリストが世界中に衝撃を与えていた季節を。あの頃から何もかもが変わったようで、何も変わっていない。我々も、ダッカのような事件を起こさないとな」

「あの事件のときの首相は福田《ふくだ》赳夫《たけお》だったっけ」

　一九七七年、日本赤軍はインドのボンベイ国際空港を離陸した日本航空ダグラスＤＣ８型機をハイジャック。バングラデシュのダッカ国際空港に強制着陸させた。日本政府は日本赤軍の要求に応じ、超法規的措置として拘束中のテロリストたちを釈放し、六〇〇万ドルの身代金を支払った。安保闘争の失敗後、日本人は完全に牙を抜かれた。バブルの時代が決定的だった。日本国民の七割以上が愚かに浮かれていた。いまだに、あの頃の気分を引きずっている救いがたい人間もいる。マスコミも変わった。彼らはジャーナリストの誇りを捨て、単純な利益を追求するだけの営利団体に成り下がった。政治は、数の暴力がまかりとおる場所になってしまった。

「そういえば」と、男が話題を変える。「塚田志士子は自宅待機だそうだ。事実上の謹慎だな」

「でも、まだあの女は動いている」

「こちらの予想以上に諦めの悪い女だ」

「これ以上派手に動くようならもっと踏み込んだ手を打つべきかも」

「わかった。一応末端の組織に準備はさせておく。やるとなったら、タイミングを上手く合わせてくれ」

第七章

1

警視庁高速隊、八王子分駐所のニッサンGT—Rが、中央高速でスピード違反の車を停止させた。四〇キロ以上の速度オーバーで六点減点。違反切符に署名させれば終わりだったが、ドライバーの様子がおかしかったので念の為に車内を調べた。すると、トランクの中から出てきたのは二丁のAK47アサルトライフルと大量のC４爆薬だった。こうして、テロ組織の末端が別件を切っ掛けに逮捕されたのだ。

逮捕された青年は組織に入ったばかりで、取り調べに対する耐性がついていなかった。鍛えられる前に逮捕されて、洗いざらい吐いてしまった。その結果、テロ組織が秋葉原で自爆テロを計画していることが判明した。時間的な余裕がなかったので、多数の私服刑事に秋葉原を巡回させるという対応がとられた。

そのとき、捜査一課強行犯捜査係に所属していた塚田志士子も駆り出された。許可をとってショルダーホルスターにＳＩＧ・Ｐ２３０ＪＰ拳銃を突っ込み、目を皿のようにして挙動不審の人影を探す。電気街の雑踏を進む。

塚田の隣には、同じ強行犯捜査係の河原島《かわらじま》という刑事がいた。

夕方、六時。学生や仕事帰りのサラリーマンで道が溢れかえっていた。秋葉原駅では、テロに備えて人身事故発生という名目で電車を停めてもらっているが間に合わなかった。今も駅前では、何も知らずにメイド服のアルバイトがチラシを配っている。ミニスカートのメイドたちを見て、塚田は彼女たちが何を考えて生きているのかが気になった。うさんくさいメイド服を着ていると頭が悪く見えるが、きっとそれなりに大変なのだろう。何も考えていない人間などいない。

塚田は、昭和通りの横断歩道上で挙動不審な少年を発見した。高校生か大学生で、間違いなく未成年に見えた。蒼褪めた顔で、やたらと腕時計ばかり見ていて、季節外れの厚着をしていた。塚田はさりげなく少年に近づいていき、すれ違った。少年の服の隙間から配線のようなものが覗いていた。服の下に、自爆テロ用の爆弾ベルトを巻いているのだ。彼だ、と思って塚田は銃を抜いた。ＳＩＧ・Ｐ２３０のスライドを引き、いつでも撃てる状態にして両手で構える。

「そこの少年、止まりなさい！」

狙いをつけたまま、塚田は少し走って少年の前に回った。

「動くな！」

と、河原島も銃を抜いた。河原島は少年の側面をとった。

銃を構えた二人を見て、通行人の誰かが悲鳴をあげた。通りはたちまちパニック状態に陥り、人々が逃げ惑った。河原島が「警察の捜査です！　皆さん離れて！」と大声を張り上げた。人々の混乱が、道路上の車の動きも止めた。喧騒の中、塚田は冷静にサイトを少年に合わせていた。

少年は、ポケットから携帯電話を取り出し、左手を服の下に突っ込もうとした。塚田は、威嚇射撃として、少年の足元に向けて一発撃った。威嚇射撃というと空に向けて撃つイメージがあるが、実際には地面に撃つほうが周囲に危害を与えるリスクが低い。ただ、怖いのは跳弾だ。

少年は、塚田の威嚇射撃に驚いて失禁し、震え上がった。一瞬で涙を流しはじめていた。

「来るな」

と、少年は鼻声で言った。

やばい、と塚田は思った。あそこまで怖がっていると、逆に思い切った行動をとることがある。

少年は携帯を取り落として左手を服の下に突っ込んだ。恐怖から逃れたい一心だろう。少年の左手がワイヤーを引き抜いたら、起爆する。

塚田は、少年の左肩を狙って引き金を絞った。塚田が外す距離ではなかった。銃口から吐き出された三二口径ＡＣＰ弾が、少年の左肩口に着弾。少年は転倒し、腕が動かなくなって起爆ワイヤーを引き抜くこともできなかった。

塚田は周囲を警戒した。仲間がいるのではないかと疑った。それらしい人影は見当たらなかったので、Ｐ２３０をデコッキングして少年に駆け寄る。自爆用のベルトを外してやりたいところだったが、それは爆発物処理班の仕事だった。

少年の呼吸を確認しようとして、塚田は目を丸くした。少年は意識をなくし、呼吸も止まっていた。慌てて心臓マッサージと応急処置を行おうとしたが、自爆ベルトのせいで上手くいかなかった。塚田は、致命傷になりにくい場所を狙ったのにおかしい、と奥歯を噛み締めた。

塚田が放った弾丸は、少年の体内で肩甲骨に当たって跳ね返った。跳ね返った弾丸は、そのまま少年の体内を進んで心臓に達していた。ごくたまに、こういうことが起きる。塚田にとっても少年にとっても不幸な偶然だった。

「殺したのか！」

塚田の隣で、河原島が叫ぶ。

志士子は、あの少年の自爆を何度も夢で見るようになった。

少年は、隅田広靖《すみだひろやす》という名前だった。高校を中退したばかりだったそうだ。まだ、子供と言ってよかった。塚田の発砲は正当なものであり、警察内部で非難されるようなことはなかった。優秀かつ湧井理事官のお気に入りである塚田を妬んで「子供殺し」と揶揄《やゆ》するものはいたが、それだけだった。

しかし、塚田は自分から第一線を離れた。科捜研に引きこもって裏方に徹した。罪の意識を感じたわけでも、銃を撃つことが怖くなったわけでもなかった。

2

足利から、さらに資料が届いた。渋谷での自爆テロ、浜松町の射殺事件。飯田橋の家宅捜索襲撃事件。三つの事件に関して、入手可能なものはすべてそろった。三つの事件。一つの罠。何人かの裏切り者。何人かの狙撃犯。

塚田は、自宅リビングのテーブルに資料を積みあげた。フルスペックハイビジョンのテレビでは、NHKのクラシック番組を流しっ放しにしている。塚田は別にクラシックが好きなわけではない。他にBGMになりそうなものがなかっただけだ。何か音が鳴っていたほうが仕事がはかどる。そういえば塚田は音が好きだ。音楽ではなく、音。余計なものを周囲に用意することで逆に集中力が高まる。夜も、塚田は低音で音楽をかけながら床につく。塚田の手元には、ミネラルウォーターのペットボトルが握られている。

まずは、浜松町の件について考える。

――上からの圧力がかかるような事件か？

事実、かかった。

浜松町の死体が持っていたものと、張本の家で発見された麻薬の化学指紋が一致。

塚田は自宅に、テーブル型の大型タブレット端末を持っている。ようするに巨大なタッチパネル・ディスプレイだ。ネットやスマートフォン、付属スキャナでデジタル化した紙文書のデータを次々と取り込んで、仕事を効率化する。テーブル・タブレット上にデジタルＩＤタグを置くだけで、その情報がディスプレイに表示される。

塚田は、テーブルの上に二枚の書類を並べた。ガスクロマトグラフィーによる検査の結果だ。その書類についたＩＤタグを読み取って、麻薬の成分を示す棒グラフがディスプレイ上に作成される。二つの棒グラフはほぼ重なる。疑う余地はない。事件はつながっている。

塚田はマルチタッチ操作で資料とデータを切り替えていく。

——浜松町の死体を検査した結果、両手から硝煙反応が出た。

硝煙反応は正確には射撃残渣という。銃器類を発砲したとき、目に見えない微粒子が手や袖に付着する。それが射撃残渣。

射撃残渣は、波長分散型蛍光Ｘ線装置、エネルギー分散型Ｘ線分析装置付き電子顕微鏡などによって詳しく調べられる。技術の進歩は目覚しく、現在は射撃残渣自動分析ソフトウェアまで存在する。

情報が増えたので、最初に立てた推論を訂正していく。

被害者の手からも射撃残渣が出た。

しかし、被害者が銃を持っていた形跡はない。

撃った犯人が銃を持ち帰った？

なら、被害者が撃った弾丸はどこにいった？　空薬莢は？

答えは簡単だ。

塚田は最初、頭に血が上った犯人がベレッタを抜こうとして余計な力が入り、暴発したのだと考えた。本当は違った。

被害者と犯人はもみあった。

犯人が銃を抜こうとして、被害者がそれを両手で押さえた。

その結果、レッグホルスターの中で発砲。

ホルスターの底を弾丸が貫通し、地面に弾痕。

ホルスターの破片が周囲に飛び散る。

被害者は、銃声に驚いて飛び退く。

慌てて犯人は銃を構え直し、売人の頭部に一発。

倒れたところに、とどめをさらに二発。

塚田は汚職警官の線が濃厚だと考えていた。が、今は違う。

――じゃあ、殺された人間は何者だ？

被害者は、犯人が銃を抜こうとするのを見てそれを両手で押さえた。とっさの判断だったろう。素人にできることではない。銃に慣れた人間。しかし、犯罪者ではない。

資料を引っくり返す。目まぐるしく切り替わるタブレットの画面。浜松町での射殺事件。被害者の名前は井本寛人《いもとひろと》。大手芸能事務所勤務。前科はない。北海道出身。

──芸能事務所勤務？　塚田の中で何かが引っかかる。

「あ」

ここで塚田は、ある可能性に気づいた。

──潜入捜査官。

潜入捜査は、普通の警察では行っていない。特別司法警察官である、厚生労働省の麻薬捜査官、いわゆる麻薬Gメンの得意技だ。彼らは専門の訓練を受けている。彼らはふだん正体を親兄弟にも隠し、仮の姿で生きている。麻薬捜査官は、仮の姿として芸能事務所勤務を選ぶことが多い。

潜入中の麻薬捜査官が殺されたとすれば、殺された理由は一つしかない。

正体がばれたのだ。

井本寛人の身元を照会すれば、厚生労働省は対応してくれるだろうか。捜査上の機密ということで、はぐらかされるかもしれない。昔から言われているように、日本は縦割り行政だ。同じ目的のために多数の組織が存在し連携はとれていない。

塚田はぐいっ、とミネラルウォーターのボトルを傾けてから、携帯電話を使った。

「塚田です」

『あら、志士子』

相手は、親友の渡辺詩織だ。

彼女は通信関係の会社でテクニカルエンジニアとして働いているが、あまり大っぴらにはできないアルバイトもしている。ＩＴ関連の技術を駆使して、エミュレータをはじめとするゲーム機の不法改造からクラッキングの真似事など、手広くやっているようだ。

「ネットで厚生労働省がらみのネタは出ていませんか？」

『厚生労働省？　汚職とか、機密漏洩とか？』

「機密漏洩の線で。時間がかかるなら待ちます」

『ＯＫ、ちょっと待って。専門のサイトを検索してみる。機密漏洩ってことは……お馴染みのあのパターンかな……』

しばし無言。塚田は詩織の言葉を静かに待つ。

『出た出た』

「やっぱり」塚田は指をぱちんと鳴らした。

『ファイル共有ソフトが切っ掛けで、厚生労働省の内部資料が流出してる。今は、おたくのサイバー犯罪対策課が必死になって削除中だけど間に合ってないね』

「またファイル共有ソフトですか……」

専用のプロトコルを使って不特定多数のパソコンをオンラインでつなぎ、そこでファイルのやりとりを行うのがファイル共有だ。パソコンを操作するだけで、音楽や映像などを簡単に入手することができる。著作権のあるファイルをやりとりするのは非合法だが、そのほうが利用者が多い。問題は、ある種のファイル共有ソフトを使うとワームやウイルスに感染すること。個人情報がネット上にばらまかれてしまうウイルスが主流だ。ファイル共有ソフトの普及とその違法な使用により、機密情報漏洩事件が多発している。公安の捜査資料や、自衛隊で実際に使用されているミサイルのデータがネット上に出回ってしまったこともある。

「漏洩した機密の中に、麻薬捜査官の名前が出ていませんでしたか？」

『今はもう確認できないけど、少し前まで晒されてたみたいだね』

自衛隊、警察、ありとあらゆる機密が漏洩している。取り締まる側の情報が、取り締まるべき違法ソフト、違法サイトによって流出するのだから話にならない。その結果、一人の麻薬捜査官が命を失ったのだ。浮かばれない。厚生労働省がひた隠しにしている不祥事の一つだろう。問い合わせても答えが返ってくることはない。最初から詩織に頼って正解だった。

「ありがとうございます。本当に助かりました」

『いえいえ。そのうち酒でもおごってよ』

「了解了解」

塚田は携帯を切った。

見えてきた。武捜係を潰そうとしているのは親米派政治家の派閥らしいが、浜松町の事件に圧力をかけたのは厚生労働省だ。厚生労働省の事務次官、厚生族の議員が動けば警察の一部門では対抗できない。

ではなぜ、浜松町の麻薬と張本の家の麻薬がつながったのか。ここから先も、想像がつく。張本は明らかにテロ組織と付き合いがあった。テロ組織が資金源として麻薬を売買するのはよくあることだ。麻薬捜査官の井本は、テロ組織に潜入中に正体がばれて消された。ということは——殺したのはテロリストだ。加えて言えば、そのテロリストは現役か引退しているのかどちらかは定かでないが警官か軍人で、渋谷の自爆テロにもからんでいる可能性が高い。

現場からは暴発の際に生じたホルスターの破片がいくつも採集されている。つなぎあわせれば、商品名や型番を特定できるかもしれない。そうなれば、本物の軍用ホルスターはそれほど大量には出回っていないから、購入者を追いかけるのは比較的容易だ。日本に存在するミリタリーグッズ専門店を調べ上げ、犯人が使っていたホルスターを扱っている店だけに絞り込み、購入者をリストアップし、怪しいヤツを探し出す。

塚田は、解決の糸口をつかんだような気がした。

査問会さえ切り抜けることができれば。

ただ、さっぱりわからないこともある。足利が持ってきてくれた鑑識の資料の中に、張本を殺した犯人が残していった空薬莢を化学分析した結果があった。

資料によると、犯人の空薬莢には極少の砂埃が付着していたのだという。砂埃のサイズは、一マイクロメートル以下。もちろん、肉眼で確認するのは不可能だ。科捜研には日本各地の土壌のデータベースがあり、土や砂が発見されればどこで付着したものなのか検索にかけることができる。しかし、この砂埃は該当なし。まったく正体不明のままだ。

——この砂埃にも、何か意味があるのだろうか？

塚田志士子はTVゲームが好きだ。やることがなくなったら、とりあえずゲーム機の電源を起ちあげる。塚田は海外のFPSと呼ばれるジャンルのゲームをとくによくプレイする。FPSとは「一人称視点シューティング」の略。例外なく主人公は銃器で武装している。銃器犯罪の専門家である塚田は、ゲームの中でもやはり銃器に囲まれている。

今やっているのは、傭兵《ようへい》のゲームだ。金次第でなんでもやる傭兵が、中東やアフリカで人を撃ちまくる。描写が残酷すぎるため日本未発売で、塚田はリージョンフリーの英語版を輸入ゲーム専門店で購入した。ぼんやりと、何か次の動きが始まるまでプレイし続けることができる。そのとき、インターホンが鳴った。塚田はゲームにポーズをかけて応対する。

足利と藤堂がやってきた。二人とも、大きな段ボール箱を抱えている。

「おつかれ。あがって」

「失礼します。どこに置きましょうか？」箱を抱えたまま、藤堂が訊ねた。

「リビングにお願い。こっちよ」

足利と藤堂は、リビングまで二つの段ボール箱を運び込んだ。箱をおろして、二人は重荷から解放された喜びを嚙み締めるように伸びをした。そして足利の目が、ポーズがかかっているゲームの画面で止まった。

「変なコントローラーですね」

「ああ、それ左利き用。珍しいでしょう。わざわざ海外から取り寄せたんだから」

「じゃ。箱、開けていいですか」

藤堂は女性の部屋が落ち着かないらしく、話を早く進めたがった。

「はいはい。カッター持ってくる」

塚田が用意したカッターで、藤堂が二つの箱を開けた。中に詰まっているのは、すべてホルスターだった。最初から資料として警視庁、科捜研にあったものが八割。残りは、足利に急いで用意させたものだ。

「塚田さんの指示どおりに」と、足利。「ガルコ、サファリランド、ブレイド・テック、デ・サンティス、アンクル・マイク。プロ用のホルスターを製作している主要な会社の中から、カイデックス素材で、ベレッタM9タイプの拳銃に対応したものを持ってきました。比較検討用のサンプルです。すべてではありませんが、国内で入手できるのはこんなところでしょう」

「特定なんか可能ですかね？」

藤堂が疑問を投げかけた。

「ギリギリまで絞り込めるはず」塚田は即答した。自信があった。「カイデックスは硬い。その代わりに、当たり前だけど柔軟性に欠ける。ベレッタ用だったら、まず他の銃には使えない。だから、なんとかなるかもしれない」

塚田は、服のポケットから小さな部品を取り出してテーブルの上に置いた。

「それは？」

「写真をもとに、彫塑《ちょうそ》用粘土で私が作った。犯人が使っているホルスターの一部を再現したってわけ。手がかりになりそうでしょ」

「器用ですね。よく写真見ただけでここまで」

足利が感心して言った。

「私は破片の実物も一応現場で見たし。それに、銃器犯罪は専門だから。じゃあ、今から特定作業に入る。タクティカルライト未対応のヤツは除外していい。左利き用もね。この形は、ライト用で右利き」

テーブルの上に各社のホルスターが並ぶ。

「あと、ホルスターの内側にはスウェード加工が」

三人で、塚田が作った部品と見比べていく。

「レッグホルスターで、色はブラック……」

事前の情報で、候補はすでに少なくなっていた。しかし、特定には念入りな比較が必要になる。ホルスターは、素人から見ればすべて同じものだ。だが、塚田にとっては違う。会社ごとに癖がある。たとえばブレイド・テックのタクティカルホルスターは全体的にシャープなデザイン。アンクル・マイクは太くてやや角張っている。アメリカにはホルスターのデータベースが存在している。形状が3Dモデルに変換してあるので、スキャンすれば指紋のように一瞬で検索可能らしい。日本からそこにアクセスすることはできない。地道に一つずつ手で触り、見比べて、合うものを探していく。これではない……じゃあこいつはどうだ……。

「……答えは出たみたい。ある程度予想はついてたけどね」

塚田は、サンプルの中から一つを選んで手にとった。

「サファリランドのベレッタ92F用。タクティカルホルスター。シュアファイア対応の6004で決まり」自然と微笑がこぼれてしまう。「尻尾をつかんだ」

3

赤坂一丁目の在日アメリカ大使館で用事をすませたあと、ジョシュ時任は愛車に乗り込んだ。国際免許を所有する時任は、日本でのアシにクライスラーのクロスファイアを選んだ。ＦＢＩの予算は潤沢だ。ボディカラーは当然のようにブラック。

大使館では、極東周辺における対テロ作戦の総指揮を執っている国家安全保障会議のアジア上級部長、そして日本部長から指示を受けた。日本に来る前にさんざん言われてきたことを繰り返されただけだった。だが、今日はこちらも大使館に用事があった。塚田志士子警部の査問会が開かれる前に、本国の友人にいくつかやってもらいたいことがあった。

移動中の車窓から、アークヒルズが見えた。高層ビルが連峰を形成するような複合施設。ヒルズはわかるが、アークとはなんだ。ノアの箱舟なのか、十戒の石板を収めた棺のことなのか。それとも何かの頭文字でも集めたのか。ただなんとなくアークなのか。

誰かに挑戦するような高層ビル群を見ていると、時任は故郷のニューヨークを思い出さずにはいられなかった。時任の父は日本人、母はアメリカ人。いわゆるハーフだが、身も心もアメリカのものだ。すべてアメリカのもの。

時任の耳元で爆音が鳴り響いた。幻聴だ、とすぐに気づいた。アークヒルズが燃えている。高層ビルの中腹で破壊力が炸裂し、黒煙を巻き起こす。一瞬で死んだ人間もいれば、瓦礫に挟まれてゆっくりと死んでいく人間もいる。上階に取り残されてパニックになり、自ら飛び降りるものもいる。混乱と悲鳴の末に、アークヒルズのビル群が崩落していく。そんな幻が時任の脳裏をよぎる。

時任は、九月十一日に妹を失った。あの日、妹はワールドトレードセンターにいた。小学校の社会科見学でセンター内のある会社を見学中、ツインタワーの崩壊に巻き込まれた。

妹が死んだワールドトレードセンター跡地には、こりもせずに再び超高層ビルが建ち並びはじめている。中心となるのはワンワールドトレードセンタービル——センスの悪いネーミング。新しいワールドトレードセンター・コンプレックス。

9・11の悲劇のあと、世界貿易センタービルのリース権を保有していた人物は、保険金をめぐって裁判を起こした。もしも9・11が「一つの事件」なら保険金は三五億ドル。もしも「二つのビルが倒壊したから二つの事件」ということになれば保険金は倍の七〇億ドル。そんな裁判だ。どんなに人間が死んでも結局最後は金の話――腹が立つより先に笑えてくる。

――まるでモンティ・パイソンの不条理なコントみたいな話じゃないか。

なぜ、FBIのジョシュ時任は日本にまで来てテロを捜査しているのか。

「ビルに飛行機が突っ込まなけりゃ、俺もこんな島国には来なかった」

時任は思わず独りごちた。もう一度、改めてアークヒルズを見る。もちろん、何も起きていない。無表情な巨人たちが、夕陽を浴びて赤く輝いている。呑気なものだ。今も戦争は続いているし、日本はそれに参加してしまっているのに。

9・11ですべてが変わった。世界の覇権国家だったはずのアメリカは泥沼の戦争で疲弊し、勝利とは呼べない見せかけだけの勝利を重ねていった。ウォール街が占拠された事件も今では懐かしい。切っ掛けはいくつもあった。どこかに導火線があって、いつの間にか火がついていた。暴動・デモは拡大し、過激化し、各地で悲惨すぎる乱射事件が頻発し、とうとうあのアメリカが本格的な銃規制強化に乗り出し――それはずっと不可能だとされていた規制だ――、軍需産業や兵器メーカーは新たな市場を開拓する必要に迫られた。

アジアだ。

中国にこんな故事がある。古代、堯《ぎょう》という王の話だ。王の統治は数十年も国に平和と安定をもたらしていた。しかしある日急に、本当に民衆が自分の統治に満足しているかどうか不安になった。そこで王は正体を隠して統治下の町に出かけていった。そこで、一人の老人の歌声が聞こえてくる。歌は「天子（王）がいてもいなくても同じさ」という内容だ。それを聞いて王は満足した。

最も優れた統治とは、統治されていることにさえ気づかれないことだ。

アメリカもそうやってきた。太平洋戦争後、日本を長期間占領するのではなく、独立国として扱いながら間接的に支配するやり方だ。事実上の植民地だとしても、日本国民の大半はそのことに気づいていないという状況が理想的だった。一九四八年、マッカーサーの腹心だったチャールズ・ウィロビー少将による日本国内秘密工作「タケマツ」作戦の開始。CIAは日本の政治家、財界人に密着していた。

ジョシュ時任が日本にやってきた最大の理由は、現地の捜査に参加しつつ、日本警察の現状を事細かにリポートするためだった。

FBI日本支局の設立——。

そんな話が、大まじめに検討されているのだ。

時任は、塚田のことも考えた。彼女の両親が殺される光景は、今もネットの動画サイトで拾うことができる。彼女の両親は、カメラの前に引きずり出されて震えていた。

テロリストが声明を読み上げて、大きな鉈《なた》を振るう。

テロリストたちは人質の首を一撃で切り落とすことができず、公開処刑には時間がかかった。刃が、背中側から首に入ってちょうど中間地点で止まった。強引に押し切ろうとして、人質を床に倒して力を込める。ノコギリで首を切断するようなぎこちなさだった。

第八章

1

塚田志士子は思い出す。

志士子の父は国連職員だった。

国連難民高等弁務官《UNHCR》事務所勤務。ＵＮＨＣＲは、紛争や差別、民族浄化活動、宗教対立などによって故郷を追われた難民の保護と根本的な問題解決を目指して国際的に活動している。

志士子の父の勤務地は、レバノン。

レバノンの首都、ベイルートのＵＮＨＣＲ事務所だ。

西アジア、レバノン共和国。

国境はシリア、イスラエルと接している。

第一次世界大戦後、レバノンはフランスの委任統治下に入った。第二次世界大戦中に独立。しかしその後アラファト議長率いるパレスチナ解放機構《PLO》がレバノンを本拠地に設定。それが切っ掛けで国内に宗教対立、政治対立が発生。さらにイスラエル軍の攻撃が始まり、七〇年代中盤レバノン内戦が始まった。

内戦中、米英の多国籍軍がレバノンに入ったが、激しい自爆テロで歓迎され、何の成果もあげられないまま撤退していった。

現在内戦は一応終結しているが、国土は荒廃し、イスラエルとの小《こ》競《ぜ》りあいも絶えない。ヒズボラをはじめとする国内の過激派も活動を続けているし、一部の難民キャンプは犯罪の巣窟となっている。

ベイルートは常に危険と隣りあわせの街だ。ＵＮＨＣＲ職員は緊急援助対応に忙殺されていた。学校の建設、各国外務省との連絡調整。仕事は山ほどあった。塚田志士子の父も、レバノンにいったきり日本に戻れない日々が続いていた。

そこで、志士子は母とともに、夏休みを利用してレバノンに渡ることになった。そうしなければ、家族がバラバラに空中分解しそうだった。レバノンの政情は不安定だ。家族一緒に数日間を過ごしたら、すぐに志士子と母は帰国する予定だった。

志士子には、この海外旅行の意味がよくわかっていなかった。なぜ父は見ず知らずの外国人のために、身を粉《こ》にして働き、家族と離れて暮らしているのか。少し理不尽だと感じていた。そんな父のために、必死になっている母のことも理解できなかった。志士子にとって大事なのは日本での自分の高校生活であり、友人たちであり、自分の将来だった。両親が、どちらも自分のことを考えていないような気がして、志士子は苛立っていた。

エミレーツ航空でドバイ、そしてベイルート国際空港へ。ホテルから迎えのタクシーが来ていた。流しのタクシーは女性が乗ると被害にあうことが多いと聞いていたので、志士子たちはホテルか国連の車以外を利用するつもりはなかった。

レバノンは美しい国、ベイルートは美しい街だった。かつて激戦区だった旧市街は復興し、教会やモスクを中心に賑《にぎ》わっていた。街の風景は適度に乾いていて、風が吹くと微かに潮の匂いがした。復興は順調のようだったが、街のところどころに内戦の爪痕が刻まれていた。

途中、志士子は機関砲の連射を浴びたビルを見かけた。航空機の機銃かもしれなかった。とにかく、その二〇階建てのビルは穴だらけになっていた。一瞬、戦争映画のセットかと思ったほど現実感がなかった。鉄筋コンクリートではなく、チーズでできたビルのように見えた。

若い志士子にとって、戦争は遠い出来事だった。

志士子と母は、ハムラ地区のホテルに到着した。ホテルの周辺を警備するのは、レバノンの治安部隊だ。灰色っぽい迷彩服に身を包み、ライフルを構えた外国の男たちは、皆一様に緊張の面持ち。装甲車、兵員輸送車が展開し、今にも戦闘が始まりそうな物々しい雰囲気だった。

警備の兵士にパスポートを見せると、ホテルの中に入ることができた。ホテルは七階建てで、豪華ではないが広々としていた。志士子はいかにもベイルートらしい内装を期待していたが、これといった特徴はなかった。日本の中級ホテルと同じだ。

志士子の父、塚田篤志《あつし》は一階のロビーで志士子たちを待っていた。篤志は精力的な男で、常に真っ黒に日焼けしていた。六ヵ国語を操り、ハーバード大学に留学経験のある国連職員。世界中の不幸と戦う男。要素だけをあげていくと尊敬できる父親だった。唯一の欠点は、父親としての役目を果たしていないことだった。社会的には、一人の男としては立派なのかもしれないが。

「大変なことになってる。ここも危険かもしれない」

早足で歩み寄ってきて、篤志は挨拶もせずに言った。

世界で、同時多発人質テロ事件が始まっていた。

そのホテルは、ベイルート・アメリカ大学やアメリカ大学病院の近所で、外国人の宿泊客が多かった。そのためテロの標的となる可能性が高く、レバノン治安部隊が二個分隊と装甲車二両で警備にあたっていた。

上空から、叩きつけるような音が近づいてきた。旧ソ連製、Mi-8ヘリコプターだった。Mi-8は、世界で最も普及した軍用ヘリの一つであり、世界中の内戦地帯で運用されている。北朝鮮にも配備されているほどだ。比較的安価で整備も楽なことから、ゲリラやテロリストも好んで使う。

テロリストの軍用ヘリが、ホテルを警備する治安部隊を奇襲した。五七ミリのロケット砲が数十発降り注ぎ、直撃を浴びた装甲車が爆発炎上した。爆風でホテルの窓が一斉に割れた。志士子には何がなんだかわからなかった。これは嘘だ、と反射的に考えた。こんな、映画のような出来事が自分の身に起きるはずがないのだ。

軍用ヘリから、一二・七ミリ重機関銃の掃射が行われた。凄まじい銃声が、比喩ではなく人間を切り裂いていく。治安部隊の半数が一瞬で死亡。兵士の上半身が破裂し、大量の鮮血や内臓のパーツがホテルの受付まで飛んだ。

ヘリの掃射が止んだと思ったら、今度はピックアップトラックでテログループの地上部隊が現れた。数は二〇人ほど。治安部隊の生き残りとテロリストたちの間で銃撃戦が発生。しかし、治安部隊の劣勢は明らかだった。治安部隊は、ホテルの建物内まで撤退した。

テロリストの軍用ヘリは、ホテルの屋上に着陸。一〇人ほどの民兵を降ろした。上から、そして正面から。ホテルに退路はなくなった。

テログループの民兵たちは、口々に怒声をあげながらさまざまなバージョンのカラシニコフ突撃銃を撃ちまくっていた。アラビア語で日本人を探していた。最初から、日本人が標的だったのだ。

「志士子、逃げろ！」

そう叫んだ父が、凄まじい勢いで駆け寄ってきた民兵にカラシニコフのストックで思い切り頭を殴られた。頭から血を流しながら、父が倒れる。

母も、民兵に組み伏せられていた。民兵たちは両親に黒い袋を頭から被せて、手足を拘束していく。

志士子は、泣きながら逃げた。自分も狙われていた。日本人だからだ。状況はまったく理解できなかったが、危機が迫っていることだけは疑いようがなかった。

無我夢中で走って、志士子はホテル一階のレストランに逃げ込んだ。隠れようと思って、厨房《ちゅうぼう》に向かった。厨房では、料理人やウェイターたちが右往左往していた。料理が調理途中のまま放置されていた。カバブが美味そうに湯気をたて、スパイシーな香りを周囲にふりまいている。

ホテルの厨房で、志士子は瀕死の兵士と出会った。レバノン治安部隊の一員だ。腹を撃たれた彼は、ホテルの従業員の肩を借りて厨房に逃げ込んだ。彼は、業務用の冷蔵庫を背もたれにして荒い息をついていた。迷彩服は血に濡れて真っ黒に見えた。彼と志士子の目が合った。レバノンの兵士は、志士子を見て微笑んだ。レバノン人には美形が多い。彼もそうだった。つやのある黒髪と憂いのある表情が特徴的だった。兵士は志士子の目の前で、ゆっくりと笑いながら死んでいった。兵士の死で一瞬志士子の中で時間が止まり、厨房にテログループの民兵が怒鳴り込んできて再び時が動き出した。

「ストップ！」

志士子が逃げようとしたら、民兵は英語で話しかけてきた。厨房に入ってきた民兵は二人。銃口をあちこちに向けている。料理人たちが両手をあげて泣き喚く。

——どうすれば？

志士子の頭の中にいくつかの選択肢が浮かんだ。

逃げるのか。抵抗をやめて従うのか。

志士子の視界の端に、死んだレバノン治安部隊兵士の銃が入った。

ＡＫＭ突撃銃——。

この国では、敵も味方も同じような銃を使っていた。弾倉は入ったままで、安全装置も解除されていた。

志士子に才能があったかどうかはわからない。ただ、間違いなく聡明な少女だった。体を、理性で動かすことができた。普通の人間なら混乱と恐怖で体がすくんでしまうところだが、志士子は違った。銃を手にとった。ストックを左肩の付け根にあてて、両手でしっかりとＡＫＭを構えた。

父は、こんな事態が起こるかもしれないと心のどこかで考えていたのだろう。海外で娘と会うたびに、実弾射撃の手ほどきをしていた。構え方、体の隠し方など、実戦で役に立つ技術を篤志は娘に教えた。それらの技術は、篤志が国連軍の兵士から教えてもらったものだった。その回数は決して多くはなかったが、内容が濃かった。志士子は、父から教えられたことをほぼ完全に体で覚えていた。

ＡＫＭは、運のいいことにセミオートに設定されていた。セミオートは単発だ。フルオートは全自動連射。フルオートよりもセミオートのほうがコントロールしやすい。

志士子は、民兵を狙って引き金を絞った。生まれて初めて人に向かって発砲した。反動は強烈だったが、志士子のバランスが崩れることはなかった。銃は、そういうふうにできている。正しく構えれば、たとえ少女でも扱いこなせる。

四発撃って、二人の民兵を殺した。相手が油断していたおかげだった。銃で人を殺しても、志士子は何も感じなかった。身を守るためだったし、距離もあった。刃物だったら、こうはいかなかったろう。

志士子は治安部隊兵士の死体から予備の弾倉を奪い取った。考えればわかることは、実践できた。感情が麻痺すればあとは楽だった。

遮蔽物で身を守って、あとは銃を撃ちまくる。理屈は簡単だ。これ以上相手を倒す必要はない。助けが来るまで時間が稼げればいい。

志士子は厨房の壁で身を隠し、廊下からやってくる民兵たちに向けて乱射した。大口径のライフル弾は、敵を牽制するのにちょうどよかった。やがて、弾倉が空になった。弾倉交換の必要に迫られてパニックに陥りかけたが、冷静になって銃のパーツを確認し、銃に関わる記憶を掘り返すと、次に何をすればいいのか自然と浮かんできた。

志士子はマガジンキャッチを押し、空の弾倉を床に落とした。新しい弾倉をさしこんで、再び引き金を絞った。しかし、弾は出なかった。もう一度記憶を洗う。父の手ほどきを思い出す。そうだ、レバーだ。志士子はコッキングレバーを引いた。左利きなので、少しだけてこずった。ほとんどの銃は右利き用に作られている。

薬室に弾丸を装塡し、射撃を再開した。ほんの数分で、銃は志士子の体の一部になっていた。

志士子が二つ目の弾倉を空にした頃、テログループの撤退が始まった。レバノン国軍、レバノン治安部隊の応援が到着したのだ。

志士子は切り抜けたが、両親は拉致された。

同時多発人質テロ事件。誘拐の発生現場は世界各地で七箇所。人質となった人数は一五〇人近くになった。

レバノン政府によって保護された志士子は、日本外務省の職員とともに帰国。自宅のパソコンで、両親が殺される動画を見た。

街を歩くと、まるで別世界だった。今まで日常だと思っていた世界が崩壊してしまった。自分がどこに立っているのかわからないような感覚を味わった。

両親が殺されてから一週間。親戚から「今の家を離れてこちらにこないか」と誘われたが、志士子は断った。自宅で、ただ眠るだけの日々を過ごした。しばらくコンビニの惣菜パンだけで生活していたが、まともな食事がとりたくなって近所のタイ料理店まで出かけた。ランチタイムだった。席について、ランチセットを注文。店内では、テレビの報道番組が流れていた。間の悪いことに、同時多発人質テロ事件を扱っていた。外食なんてやめておけばよかった、と志士子は後悔した。そのまま店を出ようかと思ったが、注文した手前躊躇《ちゆうちよ》してしまう。

番組の中で、政治家の発言が紹介されていた。

『多数の日本人が犠牲になった。しかも、明らかに最初から日本人に標的が絞られていた。断固とした態度をとる必要がある。アメリカとの連携をさらに密にし……』

そのニュースを聞いていた若い女が、志士子の隣で言った。

「日本でテロとか言われても、リアリティがないよね」

若い女は、若い男と一緒に食事をしていた。おそらく同じ職場のカップルだった。

それがとどめだった。

料理が届いたが、志士子は一口も手をつけないまま料金だけ払って店を出た。見ず知らずの人間に、両親の死を否定されたような気がした。自分の存在が否定されたような気もした。

国境というものは恐ろしい。目に見えないその線を越えただけで、ありとあらゆる現実が意味を失う。

志士子は、気づいたら夜の錦糸公園にいた。夢遊病患者のようだった。志士子の手には、缶コーヒーが握られていた。本気で自殺を考えはじめていた。両親の死が悲しいだけではない。世界全体に押し潰されそうだった。殺人、暴力、テロ、戦争が溢れるこの世界から目をそらすことはもう不可能だった。

夜の公園で、ベンチの上で膝を抱えていたら「隣、いいかな」と、声をかけられた。

足利一誠だ。志士子は無言でうなずいた。どうしてこんなところに一誠がいるのか不思議だった。もしかしたら、志士子をずっと探していたのかもしれなかった。

一誠は、暇ではないはずだ。彼には、親の跡をついで医者になるという将来がある。

「久しぶり」

「うん」

一誠は志士子の隣に座った。

そして時間が過ぎていく。

志士子の感情が爆発することはなく、弱音を吐くこともなかった。一誠は、うるさい親戚たちのように気休めの言葉を口にするわけでもなく、ただ志士子の隣にいた。二人は、一度も手をつなぐことさえなく、ずっと夜空を見上げていた。一誠はただ無言のまま、長い時間そばにいてくれた。

2

直哉の家に、浪川は何度も訪れた。そのたびに、浪川は大金を直哉に渡した。数ヵ月が過ぎて、合計すれば数百万円だ。そして、直哉は浪川から父の話を聞いた。父と浪川が一緒に機動隊に投石した話。父と浪川が夜通し居酒屋で政治論を語りあったときの話。父が生前、世の中の何に対して怒っていたのか。時折浪川は直哉の父が非合法の活動に従事していたことも匂わせた。いつしか、直哉の中で、父と浪川の区別が難しくなった。浪川は直哉にとって理想の父親であり、完璧な男だった。浪川は、時間に余裕があるときは母の介護も手伝ってくれた。風呂やトイレの世話も、嫌がらずにやってくれた。直哉はどうしようもなく心酔していった。

「浪川さんは、今も戦っているんですか」

「どうしてそんなことを聞くんだ」

「僕に、何か手伝えることはありませんか」

「何もないよ。俺はこれ以上君を巻き込むつもりはない」

「お願いです。何かさせてください」

「どうしてもか」

「どうしても、です」

浪川の話を聞いているうちに、直哉はこの国がいかに歪んでいるか知った。母は派遣会社に所属して働いていた。母はきっと過労の末に倒れた。自分はしがないフリーターだ。労働者の環境が悪くなっていくのは国の怠慢と腐敗だ。物価は上がる。消費税も上がる。ホームヘルパーの給料は低いままだ。

「ここから先は命に関わるぞ」

「覚悟しています」

「一度腐ったものはつまるところ壊すしかない。もう気づいているとは思うが、俺は今も反政府活動に身を投じている。我々の活動に参加するには、海外でちょっとした研修を受けてもらう必要がある」

「海外？」

「中東だ。詳しい地名は言えないが、専門の訓練キャンプが存在する」

「そこで訓練を受ければ、仲間に入れてもらえるんですね」

「そうだ。しかし、並大抵のことじゃないぞ」

「気がかりなのは母ですが」

「そこは、我々の組織が責任をもつ」

「浪川さんがそう言うなら、間違いないと思います。行かせてください。訓練キャンプに」

直哉はイランに向かった。

このまま一生母の介護をしながらフリーターとして搾取され続けるのか。それよりは死んだほうが確実にマシだった。何より、浪川のために何かしたかったし、浪川とともに働きたかった。彼はこう言っていた。「イランのキャンプは『トンネル』に似ている。それに入る前と出たあとでは、違う人間になっている」

日本から熱い国へ。現地で、浪川の仲間と合流した。イラン南東部の砂漠地帯に、テロリストの訓練キャンプが存在していた。キャンプはイスラム過激派の専用というわけではなく、国際的な反政府活動支援ネットワークが設営したものだった。直哉は知らなかったが、宗教原理主義過激派、紛争国ゲリラ、テロ支援国家などは、何十年も前から協力体制を整えてきたという。

同じ地球にこんな別世界が存在することに、直哉はひたすら驚いた。

移動はラクダではなく、こんな場所でも走っている日本車だった。

キャンプは、古い城砦《じょうさい》を再利用したもの。石でできた迷路のような施設だ。寝泊りするためのテントに案内された。直哉の他にも、さまざまな国籍の少年たちがいた。

何をするのかとさすがに不安を感じていたら、しばらくはビデオ鑑賞が続いた。世界中で起きている内戦、紛争の現状をまとめた内容だ。国家による言論の弾圧。ダルフール紛争。天安門事件。ロシアのチェチェン侵攻と虐殺。中国軍によるチベットの虐殺。米軍による蛮行の記録。ベトナム戦争。捕虜への虐待。二〇〇六年三月、イラクで戦う米兵が少女をレイプ。その家族も皆殺しにした。アメリカ軍の下で働く民間軍事会社の傭兵が、面白半分でイラク市民を射殺する映像もあった。どうしてこんな悲惨な現実から今まで目をそらしたまま生きてきたのか不思議になった。映像を見ている間、キャンプを仕切る組織の民兵が常に怒鳴り続け、空に向かってライフルを撃ちまくり、映像が終わると号泣しながら少年たちを一人ずつ抱き締めた。少年たちも、つられて泣いた。一人が泣き出すと、もう連鎖は止まらなかった。ライフルの発砲を間近で見るのは初めてだったし、こんな高揚感も初めてだった。

テントでは、同世代、あるいは年下の少年たちと語り明かした。とにかく多国籍なので、イスラム系も東洋人も皆仕方なく英語で話した。直哉も、どんどん英語が上達していった。生まれて初めて、屈託なく笑いあえる友達ができた。エジプトのサイード、ギリシャのアグネス、アフガニスタンのカリム。

「正義、信念のために喜んで死のう」

カリムが興奮して言った。もちろんだ、と直哉も叫んだ。

ある晩、テントで眠っていた直哉はいきなり強い光を浴びせられて目を覚ました。数人の民兵にテントから引きずり出されて、いきなりＡＫ47突撃銃を渡された。そして、直哉の前に一人の白人が連れてこられた。白人は両手を背中側で縛られていて、顔中に殴られた痣《あざ》があった。

「こいつはアメリカ人だ！　悪の手先だ！　お前が殺せ！」

民兵が、直哉に銃口を突きつけて言った。

拘束されて泣き喚くアメリカ人が、直哉の前に跪《ひざまず》かされる。

「殺せなかったらお前を殺す！」

ここが外国ということもあって、何かが麻痺していた。直哉は、あまり迷わずに引き金を絞ることができた。しっかりと構えていなかったので、後ろに引っくり返りそうになった。直哉が放った弾丸は、アメリカ人の胸部を貫通した。アメリカ人は、目を見開いたままゆっくりと崩れ落ちた。人を殺したことを実感する暇もなく、直哉はキャンプ中の民兵や少年から祝福された。抱きあい、朝まで大麻パーティーで盛り上がった。これが、戦士の通過儀礼だった。すぐさま祝福されることで罪の意識はなくなり、ただ達成感だけが残った。直哉は人を殺すことで自分も死んだ。生まれ変わったのだ。

それから、ビデオを鑑賞するときは必ず大麻を焚くようになった。直哉たちは、AKと爆弾の扱い方を熱心に学び、時折捕虜を処刑して自分の心の中の逃げ道を潰していった。直哉の人生の中で、これほど充実した期間はなかった。

半年が過ぎて、少年たちはそれぞれの母国に戻ることになった。せっかくできた親友たちだったが、寂しくはなかった。

キャンプのリーダーが言った。

「正義のために戦って死ねば、君たちはまた天国で再会できる」

そのとおりだ、と直哉も思った。リーダーはさらに熱い口調で続ける。

「究極の攻撃は爆弾を体に巻いた状態での突撃だ。必ず天国にいける。アメリカに毒されたメディアの欺瞞に騙されるな。やつらは我々をテロリストという。しかしナチスドイツに反抗するフランスの市民がテロリストと呼ばれていたか？　彼らはレジスタンスと呼ばれていた。レジスタンス、パルチザン、解放ゲリラ……言い方は色々あったのに、今はすべてひとくくりにしてテロリストだ。馬鹿な連中が、そんな偏向報道にあっさり騙される！　我々は、純粋な力によって騙されやすい大衆の目を覚ましてやらないといけない！」

——直哉は日本に帰国した。

成田空港に降り立って、海外での観光旅行を終えた日本人たちとすれ違い、直哉は吐き気を覚えた。海の向こうで起きている戦争のことを真剣に考えようとせず、海外でブランド品を買い漁り、美食を楽しむ日本人に、生きている価値はないと思った。

そして空港の玄関口には浪川が迎えに来てくれていた。

「立派になったな」

「ありがとうございます」

直哉には、浪川の声が以前と違ったふうに聞こえた。以前は親切な人と思っていたが、今は戦場の指揮官にしか見えなかった。初めて彼の前で胸を張ることができた。

「どんな気分だ」

「いつでも、正義のために死ねます」

3

塚田志士子は、早足で警視庁の廊下を歩いていく。いよいよ査問会が開かれる。いつの間にか、腋《わき》の下が汗で湿っていた。それを感じた志士子は思わず苦笑する。勝算は十分だが、緊張は禁じえない。

査問会の舞台は、警視庁一七階大会議室。まさかの事態に備えて、大会議室の扉の外には警務部の職員が二人待機していた。

この査問会は、実質的には身内で行われる裁判だ。

検事は渡会警視。弁護士は湧井警視。

裁判官として、副総監、刑事部長、捜査一課長も参加する。

一七階のエレベーターホールで、湧井と合流した。湧井が「大丈夫か?」と不安げな表情で訊ねてきたので、塚田は「ええ、まあ」と曖昧に答えた。塚田も不安だったが、足利と藤堂がよく働いてくれたおかげでいけそうな気はしていた。

「勝算は」

「九割大丈夫だと思います」

塚田と湧井は大会議室に入った。大会議室では、渡会と捜査一課長の成宮が席についていた。渡会が「どうぞ」と塚田が座る席を指し示した。部屋のほぼ中央だ。自分より階級が高い人間に囲まれる構図に、塚田の口から微かなため息がこぼれた。

少し遅れて、副総監と刑事部長がやってきた。

全員がそろったのを確認してから、渡会が切り出す。

「これより、張本行弘射殺に関して、警視庁捜査一課、塚田志士子警部の職務内容に何らかの規定違反がなかったか検討する査問会を始めます」

「よろしくお願いします」

塚田は一礼した。副総監たちは無反応だった。

「まず、射殺の状況に関して」と、渡会。「渋谷で発生した自爆テロ事件の捜査中、張本行弘という自営業の男が逮捕されました。張本行弘の主な罪状は、公務執行妨害と銃器不法所持です。捜査本部は、張本がテログループとつながっていると判断。一度検察に送ってから、家宅捜索を決定しました。家宅捜索を指揮したのは、捜査本部に所属する神宮寺警部。張本行弘を連れて彼の部屋に向かう途中で、狙撃が行われた。有働利光警部補、城島光巡査部長、松正男《まつまさお》巡査が殉職。張本は逃亡。そこで、あなた――塚田警部は急いで張本行弘を追いかけた。間違いありませんね？」

「はい」

「捜査用車両に積んでおいた突撃用ライフル……シュタイヤーAUG・A3を手にとって駆け出した」

「……はい」素直にうなずいたものの、塚田は渡会の突撃用ライフル、という言い方に苛立っていた。突撃銃、あるいはアサルトライフルと言えばいいではないか。深い意味はないだろうが、銃の専門家として言葉遣いは気になる。

「そのとき、あなたはショルダーホルスターに拳銃を装備していましたね？　それなのになぜ、ライフルまで持ち出したのですか？」

「有働利光警部補、城島光巡査部長が撃たれたのを見て、襲撃者が大口径のライフルを使っていると確信しました。それは、倒れ方、傷の大きさから明らかだった。ライフルにはライフルで対抗しないと、さらに殉職者が増える。そう考えました」

「塚田警部が張本を追いかけて、足利一誠警部補が先回りした」渡会は続ける。「家宅捜索のあったアパート前から数十メートル移動し、張本はオフィスビルとスーパーマーケットの間にあたる路地に入り、あなたは路地の入り口で追いついたことになっている。しかし本当は、別の場所にいたのではないですか？」

「ありえません。私は路地の入り口にいました」

「証明する人はいますか？」

「足利一誠警部補です。彼と私は、張本が撃たれた直後に合流しています。私が離れた場所にいたらそれは不可能です」

「あなたと足利一誠は幼なじみですね」

「……はい？」相手が何を言いたいのか、塚田は一瞬わからなかった。

「あなたのために便宜を図る可能性もないではない」

「何が言いたいんですか」

「足利警部補の証言は信用性に乏しい」

そうくるか、と塚田は舌打ちしそうになったが我慢した。

「仮にも捜査一課の刑事の証言を信用性に乏しいとは何事か」

湧井が言った。その言葉に、一課長の成宮もうなずく。渡会もさすがに言いすぎたことに気づいて、小さく頭を下げてから苦笑を漏らした。

「失礼しました。ただ、私は可能性の話をしているだけです」

「可能性、ね」

湧井は皮肉っぽい笑みを返した。

「まあいい、続けます。とにかく、その路地で張本は射殺された」

渡会の口調には、少し自分に酔っているようなところがあった。確かに今の渡会はドラマに登場する検事のようだ。

「弾丸は、有働利光警部補、城島光巡査部長に撃ち込まれたものが七・六二ミリ口径のライフル弾。二五〇メートル離れた五階建てビルの屋上で空薬莢が発見されました。アメリカのブラックヒル社が製造、販売しているもので、海外では比較的安易に入手できるものです。よって、密輸ルートをこの線から特定するのは難しいでしょう」

塚田の予想では、使われた銃はH&KのPSG1かMSG90だ。

渡会は手元の資料をめくりつつ、

「一方、張本には五・五六ミリ。世界で最もポピュラーなライフル弾です。米軍制式のM193というもので、在日米軍、そして一部の法執行機関向けに日本では配付されています。塚田警部補がふだん使っているのもM193ですね？」

「はい。本当はもっといい弾薬がいいんですが……予算が落ちないので」

「張本を殺した弾丸の空薬莢は、路地のはるか後方の、道路の反対側で発見されました。しかし鑑識の捜査で、発砲地点は三階建ての雑居ビルの屋上と断定。張本の体内から検出された弾丸の旋条痕が、データベースに登録されていたシュタイヤーAUG・A3のものと一致。あなたのシュタイヤーAUGです」

渡会の鋭い視線が、塚田に突き刺さった。

「塚田志士子警部。あなたは銃器を使った犯罪の専門家と聞いています。旋条痕が一致するとは、どういうことですか？」

「普通なら、同じ銃から発射されたということになりますね」

「張本は、逃亡したとはいえ手錠で拘束されていた。もちろん、なんの武器も持っていなかった。それを、ライフルで射殺というのは、とても警察官のやることではない」

「だから、やっていない」

「映像、記録を見ると、あなたのシュタイヤーAUG・A3が、あなた以外の人間によって外に持ち出された形跡は一切ない。これでは、あなたが撃っていないと言っても説明がつかない。旋条痕の一致が物語っている。撃った銃は間違いなくあなたの手に握られていた」

「……私のシュタイヤーAUGは、私の手に握られていた。それは認めます。ですが、それだと説明のつかないことが」

「なんですか、それは」

「私が、雑居ビルの屋上から張本を撃ったとしましょう。ならば、空薬莢が道路上で見つかることはありません」

「なぜそう言い切れるのか」

「証明します。ちょっとした実験を行うので、人を呼んでもいいですか」

「どなたですか。今は査問会中ですよ」

「同じ刑事です。階級は警部補」

「いいですか？」

渡会は副総監たちに向かって確認をとった。反対意見はあがらなかった。

塚田は、警務部の職員に人を呼んでくるように頼んだ。

「失礼します」

数分後、やってきたのはライフルケースを右手にさげた足利一誠だった。

足利を呼ぶのは予定どおりだったが、思っていたよりも悪い流れだった。渡会が、余計なことを言ったせいだ。塚田志士子と足利一誠は幼なじみ。本当のことだけにごまかしようがない。結果的に、副総監や刑事部長は最初から足利に不信感を抱くことになってしまった。もしかしたら、渡会に先を読まれたのかもしれなかった。

「今から実験のためにライフルを取り出します。もちろん実弾は装塡されていません。よろしいですか」

足利が許可を求めた。

「ここでライフルを取り出すだと？」

渡会が色をなした。

「塚田警部の言いぶんを聞くためだ、仕方がないでしょう」と湧井。

「許可します」と副総監。この一声で決まった。

足利は、ケースからシュタイヤーAUG・A3アサルトライフルを取り出した。

「これは、実際に塚田警部が使っているものです。保管庫の警備係が証人です」

言いながら、今度はシュタイヤーAUG用の弾倉を手にとる。

「この弾倉に入っているのはすべてダミーカート。火薬は一切使われていません。危険性はゼロなのでご安心ください」

　足利は、シュタイヤーAUGと弾倉を塚田に渡した。塚田はシュタイヤーAUGに弾倉をさしこみ、コッキングハンドルを引いて薬室にダミーカートを装塡する。これが実弾なら、いつでも発砲できる状態だ。

　塚田は、コッキングハンドルをもう一度引いた。

　ダミーカートが排出されて、左側に落ちていく。

「わかりましたか？」塚田は、副総監や渡会たちを見回した。

「何がかね？」成宮が小首を傾げた。

「今、ダミーカートは左側に排出されました。この銃は、左利き用なんです」

　渡会が、なっ、と低くうめいた。

　塚田はシュタイヤーAUGから弾倉を抜き、三度《みたび》コッキングハンドルを引いて薬室のダミーカートも抜いた。会議室のデスク上に、シュタイヤーAUGと弾倉を並べて置く。

「空薬莢が落ちていたのは、発砲地点とされている雑居ビルの右側の路上です。右利き用の調整でなければこうはならない。右利き用の銃は空薬莢が右側に、左利き用の銃は空薬莢が左側に飛んでいきます。私の銃で張本を撃ったのなら、空薬莢は雑居ビルの屋上に転がっていないといけない。そもそも私が主武装としてシュタイヤーAUGを選んだのは、簡単に左利き用に調整できるからなんです」

大会議室に無言の時間が流れた。

やった、と塚田は自分の勝利を確信した。

しかし、静寂を破ったのは渡会の挑戦的な発言だった。

「……今、あなたは左利き用と右利き用、簡単に調整できると言いました。今は左利き用になっているが、事件当日もそうだったという証拠はない」

今度は、塚田が低くうめく番だった。

「もっと客観的な証拠はないんですか、塚田警部」

「ちょっと待ってくれ」湧井が口を挟んだ。「塚田が右利きを装って張本を撃った、渡会警視はそう言いたいのか」

「そう考えて今後調査するべきかもしれません」

「明確な殺意があったと言いたいのか」

「私の調査によれば――」渡会が声量をあげる。「塚田警部の両親は、テロリストによって公開処刑されている。テロ行為、テロリストに対して尋常ならざる憎しみがあるのでは？」

「……どういう意味ですか」塚田は身を乗り出した。

「銃が人を殺すのではない。憎しみが人を殺す。そんなことを言ったハリウッド俳優がいませんでしたか」

渡会の挑発的な口調に、塚田は激昂しそうになった。しかし、それこそ相手の思う壺だ。頭の中を引っくり返して、反論の材料を探す。客観的な証拠。物的証拠だ。自分が張本を撃つはずがないと言っても渡会には通じない。

突然、大会議室のドアが開いた。二人目の予定外の来客に、会議室内は騒然となった。

軽い足取りで「お邪魔しますよ」と踏み込んできたのは、ジョシュ時任だ。

「なんだね、君は」副総監が険しい顔をした。

「ＦＢＩのジョシュ時任です」

「ＦＢＩが何の御用ですか」と渡会。

「お呼びじゃないのは承知の上でね。査問会はどんな調子ですか」

時任は塚田を見て言った。塚田は眉間に力を込めて、時任を睨みつけた。

――なぜジョシュ時任がここに？

「塚田警部の無実を証明する物的証拠を提示しろ。渡会警視からそう言われたところだ」

時任の問いに、湧井が答えた。

「その物的証拠を持ってきましたよ」

予想どおりの展開、とでも言いたげに、時任は数枚の書類を渡会に提出した。

「大使館を通じて、本国の友人にある証拠を分析してもらいました」

「証拠？」

「張本、そして二人の警察官を射殺した空薬莢から、直径一マイクロメートル以下というサイズの砂埃が検出された」

「我々の鑑識が調べた結果、詳細不明とのことだったが」

「ところが、ＦＢＩのデータバンクには一致するものがあった。その砂埃を放射光を利用した蛍光Ｘ線分析にかけ、微細試料の不純物と微量成分元素を分析。普通の砂埃は、小さくても五マイクロメートルから一〇マイクロメートル。目で見える限界が一〇マイクロメートル。一マイクロメートルというのは珍しい。これは、アフガニスタンの砂埃です」

「アフガニスタン……？」

予想外の単語に、大会議室にいる全員が目を丸くした。

「アフガニスタンの砂埃は非常に小さい。あまりに小さくて、建物や機械の隙間に簡単に入り込む。米軍も、砂埃が原因の兵器の故障に悩まされました」

時任は塚田の隣に腰をおろした。足利の眉間にしわが刻まれる。

「つまり、こういうことです。事件に使われたのは恐らくアフガニスタンのブラックマーケットで販売されていた弾薬。対戦車ロケットから戦闘ヘリまで入手できる巨大な市場です。テロリストたちが弾薬を買う場所としてはオーソドックスだ。いくらなんでも、そんな弾を塚田警部が使うのはおかしいでしょう」

「おかしくはない……！」渡会がややヒステリックに怒鳴った。声が裏返りつつあった。「塚田志士子が、テロリストから提供してもらった弾丸を使ったんだ！」

「塚田警部の銃と弾丸は押収されて徹底的に調べられました」足利が、渡会とは対照的な落ち着いた声で言った。「そういえば……薬室、弾倉、残っていた弾丸……どれからも砂は検出されなかった。そうなると、別の銃で撃ったとしか考えられない」

「では、なぜ旋条痕は一致したのか！」

「それは、私から説明しますよ」

旋条痕が一致したことについて、塚田はその謎を完全に解明していた。今まで黙っていたのは、言うべきタイミングではなかったからだ。迂闊に切り出せば、渡会に「物証がともなわない」と反論されてそれで終わりだ。念願の物証を、意外なことに時任が持ってきてくれた。これを好機と見て、塚田は懇切丁寧に、列席した面々にどんな罠が仕掛けられていたのか説明していく。塚田の説明が進んでいくにつれ、益々渡会の顔色は赤くなり、やがて渡会は完全に論破されて言葉を失った。

4

「では……」と、捜査一課長の成宮が結論を出した。「張本行弘の射殺に関して。塚田警部のシュタイヤーAUGが使われた可能性はあるが、塚田警部が引き金を引いた可能性はほぼ否定された。服務規程への抵触は確認できず。塚田警部は、引き続き担当事件の捜査にあたってください」

「了解しました」

「皆さん、おつかれさまでした」

査問会が終わった。渡会は机の上で頭を抱えて落ち込んでいた。何がなんでも塚田を葬りたかったらしい。

渡会の追及はかわしたが、塚田が本当に忙しいのはこれからだった。

大会議室から副総監たちが出ていって、大会議室には湧井理事官、塚田志士子警部、足利一誠警部補、ジョシュ時任の四人が残った。

「えーと……」塚田は髪をかき上げながら、怪訝そうな視線を時任に向けた。「どうして私に助け舟を？」

「別に。確かに私はＦＢＩだが、今は武捜係に居候の身だ。同僚に協力するのは当然だろう。それだけの権限も与えてもらっている」時任は淡々とした口調で言った。

「それはまあ、そうなんだけど」

「あと、個人的に塚田志士子に興味がわいてきた、というのもある」

そう言って、時任は微かに歯を覗かせて笑った。

「どうだ、今度二人で食事でも？　私のコネを使えばミシュランの三ツ星でも簡単に予約がとれる。ワインが美味しいレストランを知ってるんだが」

ストレートな誘い方に、足利と湧井が顔を見合わせる。

時任の不意打ちに、塚田は面食らった。

こうして改めて見ると、ジョシュ時任は確かにいい男だった。だが、彼は普通の刑事ではない。ＦＢＩだ。背後にどんな政治的意図があっても不思議はない。塚田に助け舟を出したのも、善意からとは限らない。

「嬉しいお誘いだけど、最近忙しいからお断り」

「もうちょっと上手く断ってほしいもんだが」

「それよりも、事件はまだ終わっていない」

塚田がそう言うと、足利が「そのとおりです！」と少し苛立った口調で同意を示した。

「湧井さん、今すぐ片付けないといけないことがあるんですが、手伝ってもらってもいいでしょうか？　大騒ぎになると思うので、予防線を張っておいてほしいんです」

「ああ、私にできることなら……しかし、塚田が大騒ぎと言うほどだから、かなり厄介なことになりそうだな」

「ありがとうございます。あと、一誠と時任さんにもやってほしいことが」

休んでいる暇はなかった。塚田は、頼れる上司と仲間たちに仕事を割り振って、査問会の舞台となった大会議室をあとにした。銃の保管庫に寄ってから武捜係の大部屋に向かって歩き出し、携帯電話で部下の松永千夏を呼び出した。

松永を呼び出した直後、塚田の携帯電話に着信があった。藤堂からだった。藤堂と桐谷は、塚田が見つけた証拠の出所を確かめるために、一個ずつ可能性を潰しているところだ。藤堂たちは元ＳＡＴだが、地道な捜査も問題なくこなせるようだった。

藤堂と話している間に、塚田は武捜係の大部屋にたどり着いた。好都合なことに、他には誰もいなかった。塚田は自分の席に座った。

「ＯＫ、残りは七件ですね。そのままよろしくお願いします」

そう言って携帯を閉じると同時に、松永がやってきた。係長の塚田が査問会にかけられていたので、食堂あたりに待機していたのだろう。

「係長、査問会はどうなりました」

「無罪放免です」

「……おめでとうございます」言葉とは裏腹に、松永はあまり嬉しくなさそうな顔だ。

「あなたに、やってほしいことが。かなり重要な捜査に関わることです」

「重要なこととは？」

「私は査問会で無罪となりましたけど、謎は残りました」

「――謎、ですか？」

「なぜ、旋条痕が一致したのか」

塚田は立ち上がり、ホルスターから拳銃を抜いた。ＳＩＧ・Ｐ２２９。スライドを引いていつでも撃てる状態に。それを見て、松永の肩に力が入るのがわかった。松永の手が、一瞬自分の拳銃に伸びて途中で止まった。

塚田は続ける。「銃――私のシュタイヤーAUGを保管庫から動かさないまま、旋条痕だけを盗み出す方法が一つだけあります。銃からバレル、即ち銃身だけを抜いて、別のものとすり替えた」

「それは短時間では不可能です」

「確かに、普通のアサルトライフルなら」

塚田がそう言うと、松永はうめくような声を漏らした。

「シュタイヤーAUGは、他のアサルトライフルとは違う。右利き用と左利き用が簡単に変更できるし、銃身の交換も簡単。ほとんどワンタッチと言ってもいい。シュタイヤーAUGのバレルだけなら、服の下にでも隠せる。保管庫を怪しまれずに行き来できる。あなたは私の銃のバレルだけを盗み出し、別のAUGにセットして使った。旋条痕が一致すれば普通は言い逃れできない。でも、詰めが甘かった」

「どうしてそれを私がやったと？」

「他にいないんですよ」

塚田は左手で銃を構えたまま、右手でポケットから一枚のメモ用紙を取り出した。

それを、松永の眼前に突きつける。

＊

午前十時、藤堂遼太郎。銃種、キンバー社製M1911A1カスタム、FN・SCAR小銃。（使用理由、術科センターでの射撃訓練）
午前十時十五分、桐谷修輔。銃種、キンバー社製M1911A1カスタム、FN・SCAR小銃。（使用理由、同上）
午前十時二十分、松永千夏。銃種、グロック17、MP5サブマシンガン。（使用理由、同上）
午前十一時、塚田志士子、足利一誠。銃種、SIG・P229、ベレッタPx4ストーム、シュタイヤーAUG・A3アサルトライフル、レミントンM870ショットガン。（使用理由、家宅捜索周辺警戒）
午後二時半、塚田志士子、足利一誠。（使用理由、銃返却）
午後六時、藤堂遼太郎、桐谷修輔。（使用理由、銃返却）
午後七時、松永千夏。（使用理由、銃返却）

「銃を持ち出すときと、返却するとき、どちらも一人だったのは、松永千夏、あなただけ。人に見られていたら、バレルの交換はできない」

＊

「藤堂と桐谷がやったという可能性も残るのでは」

「当日のあなたの行動を調べさせてもらった。あなたは術科センターに一日中いたわけじゃない。藤堂と桐谷が武道館で逮捕術の訓練を行っている間、あなたは銃器をセンターの保管庫に預けて外に出ている。その時間が、家宅捜索が襲撃された時間帯とぴったり重なる。どう説明する？」

塚田はメモ用紙をポケットに戻した。

「張本を殺すのは口封じのため。それを私のせいにすれば、捜査の目もごまかせる。対テロ強硬派の湧井理事官も潰せる。一石二鳥。三鳥？　とにかく、問題はあなたがテログループに協力した理由。なぜこんなことを？」

「……ふう」

松永は、何かを諦めたように大きく深呼吸をした。

「……渋谷でテロ事件が起きました」

「知っている。私はそれで女友達を失った」

「どんな方でしたか？」

「名前は、藤岡聡子《ふじおかさとこ》。長い付き合いだった」

塚田は答えた。塚田にとって親友と呼べる人間はそう多くない。聡子とは大学のゼミで一緒だった。聡子が結婚したのでしばらく疎遠になっていたが、久しぶりに渋谷で会う予定を立てた。

「それは、つい先日の事件の話でしょう」

松永がため息混じりに言った。

渋谷で自爆テロが起きたとき、湧井が言っていたことを思い出した。

『なぜか渋谷はよく狙われるな……ここ五年で三件目だ』

「私が言っているのは、五年前の自爆テロ事件の話です」

「五年前……最初の自爆事件？」

三件のテロ事件——。二件の自爆テロと一件の乱射事件。

「あの事件で、稲葉《いなば》人見《ひとみ》という男が死にました。東京地方検察庁・八王子支部に勤務する若い検事だった」

渋谷センター街にある喫茶店で午前十一時半に待ち合わせ。それが、稲葉人見が松永千夏と交わした約束だった。しかし前日になって松永に急な仕事が入り、予定は延期。他にやることもなかったので、結局稲葉は一人で渋谷にやってきた。

「私と彼は大学生の頃に出会った。十年近くも友人関係だった。でも、私が彼に感じていたのは友情だけじゃなかった。確かに、彼に惹かれていた。相手を失うリスクのない適度な距離感にずっと甘えてきたけど、私はそろそろ変化が必要だと強く感じていた」

「わからない……」塚田はかぶりを振った。「それで、なぜ、あなたがテロに協力しないといけなかったの？」

「彼は、自爆テロに巻き込まれて死ぬ直前、私にメールを」

稲葉は、今自分に何ができるのか考えながら周囲を見た。遠くに、携帯電話を二つも構えた怪しい男を見つけた。少年を監視しているようだ。ただならぬ雰囲気を感じ取った稲葉は、少年と怪しい男を携帯電話のカメラ機能で撮影し、Eメールに添付した。Eメールの本文には、目の前で何が起きているのか簡潔にまとめていく。

送る相手は、警察官だ。その日会う約束だった女性警察官——松永千夏。

「携帯で撮った写真と、短い文章。写真には、アメリカ人男性の姿があった。ところが、この証拠は無視された。私がコピーしていなかったら、証拠は永遠に失われていた。何らかの政治的意図をもって、捜査が歪められた。同じことを、係長も経験したのでは？」

松永の言葉には塚田も心当たりがあった。今回の事件で、政治家からの圧力や別組織からの工作を身をもって味わった。テロの時代は、警察が国民を疑う時代ではない。警察が国家を信用できない時代だ。産地偽装、電力会社に関する汚職、自衛隊防衛費の流出――国家の犯罪を、現場が償《つぐな》わされてきたつけが回ってきたのだ。

「つまり、あなたの目的は……」

「再現です。捜査に不正があった。今回の自爆テロ事件は、不正を行った勢力に対する警告であり、個人的な復讐でもあった。一九六四年、ブラジルでクーデターにより軍事政権が誕生。それを強力に支援したのはアメリカ政府だった。それから南アメリカや中央アメリカで何が起きたか、それを知らない係長ではないでしょう？」

「チリ、アルゼンチン、ウルグアイ、ホンジュラス……」

「近年になってアジアに溢れだした大量の銃器類。何かとてつもないことが日本で起きようとしている。それに巻き込まれて大事な人が殺された。放っておけばもっと大勢が死んでいきます。私は自分がやったことを後悔していません」

「そうか……だからこそ、先日のテロ事件ではアメリカ大使館の車列を狙った」

「そういうことです」

「あなたを逮捕します」

塚田は、拳銃を松永に突きつけた。左手で拳銃を構えて、右手で手錠を取り出す。

松永は抵抗もせず、静かな表情だった。

「塚田係長にはがっかりです。この国はこのままでいいんですか？」

「……かつて米軍はイラクで虐殺と拷問を繰り広げていたが、国際的な非難はあまりされませんでした。米軍の兵士たちがイラクの少女を強姦した末に家族を皆殺しにし、証拠隠滅のために火をかけるという事件もあったけれど、日本やアメリカではなかったことのように扱われている。日本はイラクにおける米軍の犯罪の『共犯』と言える関係なのに、日本国民の大多数にその自覚は足りない。アメリカに対する攻撃を単純にテロ活動で一括りにしてしまうことには、警察官であるこの私も違和感を覚えます」

「それなのに、なぜあなたは対テロ武捜係なんですか？　私怨ですか？　両親を反政府ゲリラに殺されたから？」

「両親の死は私の人生を変えた。それは認めますが、今私がここにいるのは復讐のためではありません」松永の問いに、塚田は首を横に振った。「……何も知らずにのうのうと平和を享受する市民を守るのも警察官の仕事だからです。多くの人に話を聞かせるために、仕方なく暴力を使う反政府側の人間たちの気持ちはわかる。でもやっぱり、この国の平和は特別な平和なんです。アメリカ軍の戦闘機が墜落しようが、米軍基地がロケット弾で攻撃されようが、私の感情は少しも動かないと思います。しかし日本人が暴力にさらされていたら、私は守りたいと思う」

「係長は愛国者なんですね」

「違います。私はただの日本人で、刑事です」

塚田は松永の背後に回って、申し訳なさそうに「手錠をかけますね……」と言った。

「どうぞ。私もこれ以上は弁護士に電話してからしか話しません」

「拘置所で自殺、なんてことにならないように気をつけてください」

「それは脅し？」

「いや、本当に心配して言っているんです」

第九章

1

藤堂と桐谷が成果を手に戻ってきた。

大部屋に、松永が抜けた武捜係のメンバーがそろう。湧井、塚田、足利、時任の四人は自分の席につき、藤堂と桐谷は立ったまま座ろうとしない。「疲れているだろうし、座ったほうがいいですよ」と塚田が言ったら、藤堂は「いえ、一度座ると疲れが増すので」と答えた。誰も、松永が逮捕されたことに関して質問しなかった。全員が、なかったことにしたいのだ。一度身内を疑いはじめればきりがない。一人減っただけで、部屋がずいぶん広くなったような気がした。

「松永の背後には特殊な組織があると見ていい。イスラムの過激派じゃない」

湧井が言った。

「とりあえず、彼らを逮捕してみればわかります」そう言って塚田は、椅子の上で足を組み替えた。「しかし、これだけの事件を仕掛けた連中です。普通の方法で逮捕しようとしたら、手痛い反撃が待っているでしょう」

「だろうな。で、藤堂と桐谷はどうだった」

「塚田警部の無実を信じて動いていたわけですが」と、手の甲で軽く額の汗をぬぐいながら藤堂。「正解でした。怪しいヤツが浮かび上がりましたよ」

「ちょっと待て。査問会が終わる前から捜査を？」

湧井が、少し驚いたように言った。

「はい」塚田は素直にうなずき、「松永を押さえたことがテログループに伝わる前に、ケリをつける必要があると思って」

「それはそうだが……」

「とにかく、話の続きをお願いします」塚田は藤堂に話の先を促した。

「はい。俺たちは塚田警部の指示でホルスターを追いました。ホルスターの材質は合成樹脂、カイデックス。サファリランド社製、ベレッタ92F用タクティカルホルスター。シュアファイア対応の６００４」藤堂はやや早口に言った。「本物のテロリストは、カードやネットでの取り引きを最低限にとどめます。買えるものはなるべく現金で直接買う。そこでまず、対象のホルスターを店頭で販売している店をリストアップしました。東京都内では、全部で八箇所。販売数は四〇〇ほど。通信販売分を除外して、残りは八〇。会員証などを通して記録が残っている店が多かったので、さらに絞り込めた。そして店を回っていくうちに、ここ数ヵ月の間に、対象のホルスターを二個も買った怪しい男がいると、店員から面白い話を聞けました。」

「時期は？」と塚田。

「その男が最初のホルスターを買ったのが二ヵ月前、二個目を買ったのが一週間前。ギリギリ防犯カメラの映像残ってましたよ」

「たぶん用心深い男なんだろうけど、まさかホルスターからアシがつくとは思ってなかったんですね。油断したわけだ」塚田は指を鳴らした。

「防犯カメラの映像を専用のソフトで解析。割と鮮明なものができました」と藤堂。

「その写真を持って、自爆テロで死んだ少年の自宅周辺で聞き込みを」

「それも塚田警部の指示？」湧井は苦い顔をした。

「はい」藤堂と桐谷がうなずくと、湧井はこれ見よがしにため息をついた。

塚田はそれを見なかったことにして、

「で、成果は？」

「もちろん。出ました。浪川孝雄《たかお》と名乗っていたそうです。調べてみると、この浪川という男はＩＴ関連のソフトウェア開発会社の社長でした。ただ、この会社には実体がなかった。いわゆるペーパーカンパニーです。本社は文京区の貸しビル。テログループのアジトとしてはもってこいでしょう」

浪川——自爆テロ犯の少年を操り、松永を動かし、麻薬捜査官を殺した男。

「大きな組織の幹部だろうな」時任が言った。「生かして捕らえることができれば海外の大物にもつながるかもしれない……訓練された本物のテロリストを生け捕りにするのは難しい。生きたまま逮捕されるのは三流のテロリストだけだ」

「……浪川の逮捕状、出ますかね」塚田は湧井に向かって訊ねた。

「松永の件もある。なんとかなるだろう」

「じゃ、私は簡易裁判所で逮捕状と捜索令状とってきます」

簡易裁判所は警視庁から歩いて数分だ。

「突入ですか」時任が楽しげに言った。

「ＳＡＴやＳＩＴに任せたら、たぶん間に合わない。敵は、下手したらもう逃げる準備を整えてるかもしれない。次のテロを始める寸前かもしれない。どちらにしても、こちらが急いで損をすることはない」

塚田は立ち上がった。それを見て、足利、湧井も動き出す。湧井は責任者として、関係各機関に連絡。問題が起きないように高いレベルでの調整を行う。塚田は簡易裁判所へ。足利は一足先に所轄署に出向き、事件と突入作戦の概要を伝えて応援を要請。藤堂、桐谷、時任は車と武装の準備だ。

藤堂たちはすでに、東京都文京区湯島の貸しビルの建築確認申請に関わる書類を取り寄せていた。検査機関に提出されていた仕様書、設計図、付近見取り図が特捜班の人数分プリントアウトされる。

貸しビルは地上五階、地下一階。エレベーターは一基。周囲は似たような外観のオフィスビルばかり。

目的のビルから二〇メートルほど離れた場所に、武捜係の捜査車両と二台の覆面パトカーが停まる。捜査車両は、最大八人まで乗り込めるエルグランドだ。貨物スペースには、銃器の他、突入用の装備が用意してある。二台の覆面パトカーは、塚田の車と湧井の車。それぞれ突入作戦の準備をすませて合流したところだ。

塚田志士子は、インプレッサの覆面パトカーから降りた。

今回は大掛かりな手入れになることが予想されたので、湧井が現場に出向いて直接指揮を執る。塚田は、湧井の警察幹部としてはありえないフットワークの軽さが好きだ。

塚田、足利、藤堂、桐谷、時任、そして念の為に湧井も防弾ベストを着込んだ。防弾ベストは多数のポウチやホルスターが付いているタイプで、タクティカルベストも兼ねている。塚田たちは拳銃に実弾を装塡し、ホルスターに装備。エルグランドの後部ドアを開けて武器ケースのロックを解除し、塚田はシュタイヤーAUG・A3を取り出した。足利はレミントンM870ショットガンを、藤堂と桐谷はFN・SCAR小銃。時任は、わざわざアメリカから愛用のSIG・SG552コマンドを取り寄せていた。高価な銃だ。やはりFBIは違う、と塚田は少しだけ嫉妬した。

「外国の捜査官が、相手がテロリストとはいえ街中でライフルを撃てばあとあと問題になります。持ち歩くのはいいですが、発砲は極力控えてください」

「大丈夫。心配は無用だ」

それぞれ銃器に弾倉を叩き込んで、薬室に初弾を装塡していく。突入前なので、安全装置はかけておく。小型の無線機を防弾ベストの内側にさしこみ、受信機を耳に、スロートマイクを喉につける。念には念を入れて予備弾倉も携行する。

さらに武捜係の面々は、目を保護するための特殊サングラス——シューティンググラスをかける。破片や煙を防ぐだけでなく、マイクロプロセッサが搭載されているので、情報の送受信や敵味方の識別を行う機能もついている。高機能シューティンググラスはディスプレイも兼ねていて、小さなウィンドウを開いて「他の仲間」が何を見ているのかチェックすることが可能だ。

所轄である本富士警察署の刑事たちも覆面パトカーでやってきた。

体格のいい初老の男が、緊張の面持ちで湧井と塚田に挨拶してくる。

「本富士警察署、刑事課長の原《はら》です。部下の刑事七人を連れて現着」

「おつかれさまです」湧井が言った。そして原に訊ねる。「そちらの装備は?」

「全員、防弾ベストと拳銃を着用。あと、署の保管庫から暴徒鎮圧用の散弾銃を」

「よろしい。これから本富士警察署の皆さんには、捜査一課の係長、塚田警部の指揮下に入ってもらう。危険はあると思うが、覚悟してほしい」

「了解しました」

塚田と原は同じ階級だが、警視庁の警部と所轄の警部では格が違う。

「逮捕が基本だが、あまりにも犯人グループの抵抗が強硬だった場合は射殺もやむをえない。こちらから殉職者だけは出すな。いいな」

湧井が全員に向かって告げた。

何もかもが昔とは違う。昔は、警察が犯人を射殺したら非難の的になった。どんな凶悪犯でも、だ。連続婦女暴行殺人の犯人でも、撃ち殺せば「他に方法はなかったのか」と言われた。しかし最近は、犯人側の重武装化と凶悪化が進み、一般市民が巻き込まれて被害に遭うことが多くなり、今度は「警察はもっと凶悪犯に迅速な対処をしろ！」と言われるようになった。勝手なものだ。

「どう攻めますか」足利が言った。

「出入り口は三箇所」塚田が答える。「正面、裏手の非常口、そして地下駐車場入り口のシャッター。遠くからだけど防犯カメラは確認できないし、ロックは厳重でもない。まず、私と足利は地下へ。藤堂、桐谷、時任は、所轄の刑事さんたちと一緒に一階を制圧。無線で連絡を取りあって、誤射だけはないように気をつけて。

一階を制圧後、藤堂と桐谷は階段から二階へ。時任と所轄は、そのままエレベーターと階段を押さえておいて。地下を制圧後、私と足利はエレベーターで最上階。藤堂と桐谷は階段で三階。四階で合流したときには、一応ビル全体を制圧したことになる」

「それでいいんじゃないか」湧井がうなずいた。

「こんなの本当にいいんですか」桐谷が難しい顔をした。「ここまでする刑事、捜査班は前例がない」

「湧井理事官は、こういう無茶をするために武捜係を作ったんです」

塚田は微笑して桐谷の肩を叩く。

「そのとおりだ。お前たちが対テロ捜査の新次元を切りひらいていけ」

そう言ってから、湧井は手を叩いて部下たちを急《せ》かした。

急いだがゆえに、人手が足りない。高い階級であるはずの涌井だが、今日は作戦のバックアップを担当する。覆面パトカーのボンネット上に、ノートパソコンと現場監視システム一式を展開する。暗号化された無線LANを起動する。現場監視システム――MAV。米軍や自衛隊でも使われている超小型飛行体。武捜係では、人工筋肉を使った「羽ばたき式MAV」を使う。針金のような人工筋肉を微弱な電流によって収縮させることによって、小型カメラや各種センサー、マイクロプロセッサを搭載したユニットを昆虫のように飛ばす。湧井はこれを四台、現場周辺の低空を旋回させて、不測の事態に備える。軍隊がそうであるように、警察でもこれから無人兵器の導入が進んでいくだろう。湧井には、武捜係でその実験を行うという腹積もりもあった。

塚田を先頭に、アサルトライフルや散弾銃で武装した刑事たちがオフィスビル街を進んでいく。アスファルトに硬質な足音が響く。コンクリートの灰色がふだんよりも無機質に見える。塚田の鼻腔に、焼けるような匂いが広がった。銃を撃ったあとの火薬の匂いに似ていた。まだ、一発も撃っていないのに。

塚田はこの匂いを以前にも嗅いだことがあった。戦場の空気だ。

目的のビルの前で二手に分かれた。

塚田と足利は、地下駐車場の出入り口となるスロープから中に入った。シャッターは上がったままになっている。薄暗くやや狭い駐車場は、セダンが五台も停まれば許容量の限界だろう。今は、ミニバンが二台停まっている。人の姿は、見当たらない。

塚田たちはミニバンに近づいて、窓から中を覗いた。榴弾砲の砲弾を多数確認。簡単な配線で起爆装置とつながっている。IEDだ。敵はすでに次のテロ攻撃の準備をほぼ整えていたようだ。武捜係が急がなければ、今度は数百人が傷つくところだった。

「こちら地下一階、塚田」無線を使った。「駐車場でIED車両を確認。テログループの潜伏が確定。総員注意」

そのとき、エレベーターの到着音が鳴った。反射的に、塚田たちはライフルを肩付けに構えてエレベーターのドアに銃口を向ける。

ドアが開いて、口笛を吹きながら無精ひげを生やした大男が降りてきた。大男はすぐに塚田たちに気づいて、身を強張らせる。

足利が男に近寄って「動くな」と銃口を突きつけた。

高機能シューティンググラスによって、敵味方が識別された。その視界にコンピューター・グラフィックスによる補正がかかる。ICチップが内蔵された警察官の銃器は、青い線で縁取りされて安全だと示される。未登録の銃器を持った人間は危険だと判定され、赤い縁取りだ。シューティンググラスの画像認識能力は高く、服の下に銃器を隠し持っていても（よほど小型の銃でない限り）膨らみ具合から見破る。

塚田は負い紐《スリング》を使ってライフルを脇に回し、懐から伸縮式、スチール製の特殊警棒を抜いた。無造作に間合いを詰めて、エレベーターから降りてきた男に対して警棒を振るう。最初の一撃で男の顎を打ち、素早く左肘、左膝と連打。

男が倒れたところで、手錠を使って拘束する。

足利が男に近寄って、大雑把に身体検査をした。男は服の下にショルダーホルスターを身につけていた。中に入っていたのは、グロック17だ。ただのチンピラではない。グロックなどを持ち歩くのは、資金力が豊富なテロリストだ。

「テログループは銃器で武装。激しい抵抗が予想される」

足利が無線で報告した。

ジョシュ時任はビルの一階に突入していた。入ってすぐのところに受付嬢がいたので、時任が自ら拘束した。受付嬢も小型の拳銃を隠し持っていた。

時任が「一階に突入」と無線で告げたので、鍵を壊して裏手の非常口から藤堂と桐谷も突入した。同士討ちを避けるために、ここからは無線連絡を密にする。

事前の調査によれば、ビルはワンフロアが六〇坪。内装は殺風景で、必要最低限。壁紙や塗装が施されていず、壁はコンクリート打ちっぱなしだ。給湯室の奥に、エレベーターと階段がまとまっていた。時任と藤堂は、給湯室の出入り口前で合流した。

「一階をクリア」時任が報告した。

藤堂と桐谷は、FN・SCARを構えて慎重に二階に移動した。時任は、所轄の刑事たちとともにビルの一階に残った。エレベーター、階段を確保しておくためだ。

元SATの二人が、今までの厳しい訓練を生かして無駄のない動きで進んでいく。曲がり角には時間をかけて、窓の前では身を低くする。

六段階に伸縮可能なストック。折りたたみ式のアイアンサイト。ダットサイト、フォアグリップが追加された接近戦用のFN・SCARだ。

藤堂は、今まで味わったことのない緊張感に包まれていた。こんな少人数での突入は、SAT時代には考えられなかった。長いだけで意味のない交渉時間もなく、手間がかかるだけで意味がない包囲を敷くこともなく、湧井理事官や塚田警部のやり方はシンプルかつ合理的だ。

二階も、一階とほぼ同じ造りだった。違うのは、いくつかデスクとロッカーが設置されていることだ。ロッカーの前に、男が二人立っていた。危険な武装を示す赤い縁取り。二人ともタバコを吸って談笑中だった。警察の突入にはまったく気づいていなかった。

藤堂と桐谷は背後から近づき、FN・SCAR小銃を背中側に回して談笑中の二人に組み付いた。藤堂は相手の右腕の関節を軽く極《き》めながら床に押し倒した。抵抗してきたので肩固めに切り替えて、最後は相手の襟をとって絞め落とす。悲鳴もあげさせない。

桐谷も足を引っかけて男を倒し、寝技で意識を刈り取っていた。相手は訓練されたテロリストかもしれなかったが、常識はずれの訓練をこなしてきた藤堂や桐谷の敵ではなかった。

倒した二人に、手錠をかける。塚田の指示で、武捜係のメンバーは一人五個も強化プラスティック製の手錠を持ってきていた。

二人の男に手錠をかけた直後、給湯室からもう一人現れた。現れた男は藤堂と桐谷を見て目を丸くした。男は警察の突入だと気づき、懐のホルスターから銃を抜いた。拳銃ではなく、旧チェコスロバキア製のスコーピオン・サブマシンガンだ。

男は、いきなり発砲した。藤堂は、とっさにFN・SCAR小銃を撃ち返した。どちらもフルオートの連射だった。藤堂と桐谷の周囲で弾丸が跳ねて、破片が散った。流れ弾に当たってデスクに弾痕が走る。

サブマシンガンを乱射した男は、藤堂が放った弾丸によって吹き飛ばされた。男の体を弾丸が貫通し、引きずり出されるように鮮血が飛び散った。無機質な灰色の壁に、どす黒い赤が塗りたくられる。

藤堂は周囲を警戒しつつ深呼吸した。気分はいつもと同じだ。興奮しているわけでも、人を撃ったことを悲しんでいるわけでもない――いつもどおり。しかし藤堂は、SATの上官から聞いた話を思い出していた。訓練された警官は、仕事中には何も感じない。仕事が終わって家に帰って寝床で横になり電気を消した瞬間、どっと感情の奔流に襲われる。

2

地下駐車場を調べ終えた塚田と足利は、エレベーターで一気に最上階まで移動した。

その途中、下から銃声が聞こえた。

少しして『テロリストがサブマシンガンを発砲。やむをえず射殺。二人を逮捕。二階を制圧』と藤堂から無線で報告があった。高機能シューティンググラスに小さなウィンドウが開いて、湧井が飛ばしたMAVによる上空からの映像が確認できる。今のところ、建物の外に逃げ出した敵はいない。

二人は、エレベーターの中で銃を構えた。狭いので、ライフルやショットガンではなく拳銃だ。両手で構えて、待ち伏せに備える。

到着して、エレベーターのドアが開いた。緊張の糸が張り詰める。

エレベーターの付近に待ち伏せはなかった。

その代わり、大量の武器と爆薬が視界に飛び込んできた——テログループの武器庫だ。

　武器と弾薬は梱包材と一緒に木箱に詰められていたが、ほとんど蓋が外されていた。中国、韓国、東南アジア経由の密輸品。爆薬は中東から回ってきたらしい榴弾や対戦車地雷など。使う人間さえそろっていれば、自衛隊と一戦交えることも可能だろう。

「五階は武器庫です。人はいない。階段で四階に向かいます」塚田は無線を使った。

『気をつけろ。さっきの銃声で敵も臨戦態勢に入ったはずだ』湧井から返信。

　塚田と足利は拳銃をホルスターに戻し、主武装を構え直した。シュタイヤーAUG・A3とレミントンM870ショットガン。

　塚田たちが五階から下を見ると、踊り場で人が動く気配がした。塚田は目と手の動きで足利に合図を送った。足利は大きくうなずいて、先を進む。足利が階段を下りていくのを、塚田が上から援護する。

　案の定、踊り場と四階の廊下で敵が待ち伏せていた。数は三人。一人が踊り場にいて、二人が廊下に立っていた。全員がAN94アサルトライフルで武装している。

　足利は身を低くして、気づかれる前に引き金を絞った。本来ならば相手が発砲するまで待つのが規則だったが、命のかかった場面でそんな悠長なことは言っていられない。片付けてしまえば、報告書はあとでどうにでもなる。塚田はもちろん目をつぶる。

足利のレミントンM870が火を噴いた。体格のいい足利は、強力なレミントンM870の反動を全身で上手く吸収した。

レミントンに装塡されているのはダブルオーバックのショットシェルだ。一つのシエルに直径八ミリの散弾が九粒入っている。小口径の拳銃を一斉に発砲したようなものだ。

激しい銃撃で、たちまち踊り場の男が鮮血を噴いて倒れた。強力な散弾が相手の肉を引き裂いた。手が千切れそうになっている。

一人倒して、次は廊下の二人だ。塚田と足利は、素早く死体が転がっている踊り場に移動した。二人は手すり、親柱などを利用して身を隠しつつ、それぞれ銃の狙いをつける。

テロリストたちが反撃してきた。猛烈な連射だったが狙いはいまいちだ。彼らは仲間の無残な死体を見て、冷静さを失っていた。弾丸を浴びて、壁の形が変わっていく。破片が粉雪のように宙を舞う。弾を当てるには冷静さがなければだめだ。

撃ってきた男たちは、廊下の角を遮蔽物にしていた。

足利はさらに射撃を続けた。牽制のために二発撃ったあと、遮蔽物から相手の足先だけが見えていることに気づいた。ほんの六センチ程度だったが、それだけあれば十分だった。足利はその足先を撃った。靴の先端と一緒に、指が何本か吹き飛んだ。

足先が消し飛んで驚いた敵が遮蔽物から飛び出した。今度は全身が見えたので、足利がとどめをさした。腹部にダブルオーバックを叩き込んだのだ。小さな爆弾が彼の腹の上で破裂したような光景だった。

ここで、足利のレミントンM870の弾丸が切れた。

その隙に、敵がつけこんできた。大胆に突っ込んでくる。

塚田が上からアサルトライフルで援護射撃を行った。AN94を構えて足利に向かっていく男に、指を短く刻むようにして弾丸を浴びせた。余裕があったので、足を狙った。足の甲や脛《すね》をライフル弾が貫通して、男は転倒した。塚田は男に駆け寄って、手錠で拘束した。このまま放っておいたら、足からの出血多量で死亡してしまうだろう。いくら犯罪者とはいえ、なるべく早く救急車に乗せてやりたいものだ。

塚田と足利は階段を突破し、四階に到達した。他の階と違い、大部屋二つに分かれている。部屋の間には、長い廊下が通っている。

足利が先頭になり、塚田が続き、ゆっくりと慎重に進んでいく。

飾り気のないドアの前に差しかかる。

そのときだった。

ドアが向こう側から蹴られて、蝶番《ちょうつがい》が弾け飛んだ。猪の体当たりのような、凄まじい蹴りだった。足利は倒れてきたドアの下敷きになって、体勢が崩れた。

ドアを蹴った男が、廊下に飛び出してきた。

塚田は、その男の顔を写真で見て知っていた――浪川だった。

彼の手には、軍用のベレッタが握られている。

塚田は、ライフルで浪川を撃とうとした。

だが、距離が近すぎる。長い銃身とスコープが邪魔だ。狙いが定まらない。

とっさの判断で、塚田はアサルトライフルを捨てた。

捨てるとほぼ同時に、拳銃のホルスターに手を伸ばす。

浪川のベレッタが火を噴いた。立て続けに三発。そのうちの二発が塚田に命中した。弾丸は防弾ベストで止まったが、着弾の衝撃で一時的に呼吸が止まった。倒れる寸前のところで塚田は踏んばり、ＳＩＧを抜いて反撃。三発撃った。すべて、浪川の腹に当たった。浪川は防弾ベストを着用していなかったので出血したが、倒れなかった。まるで殴りあいのような銃撃戦だ。いや、これが殴りあいならもっと楽だった。

浪川が二発、発砲。撃たれたせいで狙いが狂っていた。二発の弾丸は、塚田の真横を通過した。塚田も二発撃った。浪川の肩に着弾。まだ倒れない。こっちはホローポイントのはずなのに、と塚田は泣きたくなる。泣くのは我慢して指を絞る。浪川が撃つ。

弾丸が交錯し、塚田は三発もらった。幸運なことに、やはり防弾ベストだ。しかし、塚田は限界だった。いくら防弾ベストがあるとはいえ、衝撃はプロボクサーのパンチより上だ。意識が薄れていく中、塚田は最後の力を振り絞った。ようやく、ＳＩＧ・Ｐ２２９の弾丸が浪川の顔面に炸裂した。鼻の横に弾痕を穿って、後頭部から抜けていく。

いつの間にか、ＳＩＧの弾倉が空になっていた。それでよかった。目の前の敵は倒したのだ。

防弾ベストに弾を食らいすぎて息苦しい。

塚田は倒れた。意識が闇に落ちる。

――そして、彼女は短い夢を見た。

最初に現れたのは、レバノン人の兵士だった。腹から血を流しながら塚田を見て笑った。海の向こうで体験した、激しい銃撃戦。次に、両親の首が切り落とされた。今は、日本人の処刑がネットで鑑賞できる時代になった。塚田志士子の隣には、いつも足利一誠がいた。一誠は塚田のために必死になってくれる。それなのに、不思議と恋愛関係にはならない。警察学校に通う塚田に、湧井理事官が自らスカウトにやってきた。有能な刑事が欲しい、と彼は言った。

——私は有能な刑事になれたんだろうか？

塚田は、昭和通りの横断歩道上で挙動不審な少年を発見した。蒼褪めた顔で、自爆テロ用の爆弾ベルトを体に巻いた少年。「来るな」と、少年は鼻声で言った。塚田は引き金を絞った。不幸な偶然が重なって少年は死んだ。

「殺したのか！」

殺したのではない。死んだのだ。

渋谷で自爆テロ事件が発生する。友人が巻き込まれて、携帯電話が鳴る。

「塚田警部！　塚田さん！」

誰かが彼女の名を呼んだ。たぶん、足利だろう。

塚田は夢見心地で「大丈夫」と答えた。

3

「……あ」

塚田志士子は誰かの体温を感じつつ、目を覚ました。その体温やがっちりとした腕の感覚が心地よくて、腹部に灼熱の痛みが疼いているのを一瞬忘れてしまうほどだった。瞼を開けると、そこに一番安心する顔があった。塚田は足利に抱えられていた。

「……本当に、大丈夫なんですか」

「いや……私、大丈夫だなんて言った？」

「言いましたよ」

「どうかなあ、大丈夫かなあ……」塚田は自分の力で立ち上がった。足利は心配そうにしている。「骨にヒビが入ったみたい。すごく痛い。全部終わったらすぐに病院に行く」

「今すぐ行ってくださいよ、もう」

「まだ、事件を片付けないと」

すぐ近くに、浪川の死体が転がっていた。浪川は両目を見開き、絶叫した表情のまま固まっていた。できの悪い蠟人形のようだった。血が流れ出ているので、急激に肌が生気を失っていく。こいつは殺したくなかったな、と塚田は悔やんだ。生け捕りにできれば、貴重な情報源になっていただろう。あれだけ強硬に抵抗されれば、他に手段はなかったが。

「っていうか、他の敵は」訊きながら、拳銃の弾倉を交換する。

「さっき藤堂さんから連絡が。ビル全体の制圧に成功したようです。逮捕五人、射殺四人。こちら側には負傷者なし」

「私がいるじゃない」

「訂正します。塚田警部以外、負傷者なし」

塚田と足利は、テロリストの残党がいないか注意しつつ外に向かった。階段では、塚田は足利の肩を借りた。ビル内の要所要所に、所轄の警官や刑事が配置されはじめていた。正面玄関から外に出ると、武捜係のエルグランドと湧井が待っていた。

まだ、マスコミは来ていない。地域課の制服警官たちが、ようやく現場周辺の封鎖を始めたところだ。遠くから、救急車やパトカーのサイレンが近づいてくる。

「やったな」湧井が話しかけてきた。

「藤堂たちは？」

「ビルの中をもう一度捜索してる。ところで塚田、顔色が悪いが……」

――骨にヒビ入ってるんですよ。

塚田がそう答えた次の瞬間、頭上でガラスが割れる音が響いた。

4

上川直哉は、ずっと二階のロッカーに隠れていた。ロッカーの中で、刑事たちのやりとりが聞こえた。逮捕五人、射殺四人。ということは、浪川はもう生きていないだろう。浪川は、警察に逮捕されるような男ではなかった。よく訓練された戦士は、捕虜になるようなヘマはしない。生け捕りにされそうなら死を選ぶ。そういうものだと直哉も教わった。

直哉は、今日の夕方には自爆を決行する予定だった。まずＩＥＤの車が配置につき、次に別の車で直哉が現場に向かう。狙いは銀座の高級店が集まる通りだ。日本を食い物にする外資系投資顧問会社で派手に自爆して、格差社会の現実を浮き彫りにするはずだった。自分の正義を貫いて、この腐った世界を壊すために。自分の命などどうでもよかった。直哉は変わった。生まれ変わった。次に変わるのは、世界の番だ。

浪川はもういない。だが、自爆はできる。

直哉は、すでに自爆用の爆弾ベルトを体に巻いていた。大量のＣ４と簡単な起爆装置のセットだ。ワイヤーを引き抜くだけで起爆する。

ロッカーから出た直哉は、ガラスの窓を体当たりで破って二階から飛び降りた。ここでケガでもしたらそのまま自爆するつもりだったが、前転でなんとか受身がとれた。ただ、ガラスで体のあちこちを切っていた。

ビルはすでに警官に包囲されていた。邪魔されたので、直哉は一瞬上着をはだけさせて自爆ベルトを見せつけた。爆弾を見て、警官たちが怯んだ隙に駆け抜ける。どうせ自爆するなら、もっと人が多い場所がいい。思いついたのは、駅だった。近くに、東京メトロ千代田線の湯島駅がある。駅で、電車が来たところで自爆。地下鉄ならば、被害の拡大も期待できる。現時点ではベストの選択かもしれない。

所轄の刑事が少年に銃口を向けて、リボルバー拳銃の撃鉄を起こした。撃とうとしたので、塚田が制止した。

「待て！　子供だ！　撃つな！」

子供だ、と言ったが、撃ってほしくない理由は他にもあった。弾丸が爆弾に当たるのも防ぎたかった。爆弾を爆発させるのは起爆装置、信管だ。拳銃の弾丸が当たったくらいでは爆発しないかもしれないが、万が一そうなったとき周囲一帯が全滅してしまう。

「自爆ベルト巻いてましたか?」足利が訊いてきた。

「間違いない。追いかける。私は車で」

「わかりました。自分は走ります」

塚田は覆面パトカーのインプレッサに飛び乗った。ハンドルを握りアクセルを踏み込むと、ヒビが入った骨が痛んで脂汗が全身から噴き出した。どこかで痛み止めを飲んで傷を冷やしたいところだがそんな時間はない。大急ぎで速度を出していく。赤いライトを回して他の車には道を空けさせる。

少年は駅に向かっていた。足の速さが違う。追いつくのは簡単だった。少年の前をふさぐように車を停めて、塚田は運転席から飛び出した。

「やめなさい!」

塚田は拳銃を抜いて、構えた。銃の照準を、少年の右肩に合わせる。

足利も追いついてきた。

少年に二つの銃口が向けられる。

痛みのせいだろうか。塚田の意識が朦朧《もうろう》としてきた。痛みはますますひどくなってくる。あばら骨の隙間に、焼け火箸をねじこまれているようだ。

——こんな大事なときに。

こうして銃を構えていると、昔殺してしまった少年のことを思い出さずにはいられない。

昭和通りの横断歩道上。高校生か大学生、未成年に見えた。

「そこの少年、止まりなさい!」

少年は携帯を取り落として左手を服の下に突っ込んだ。塚田は、少年の左肩を狙って引き金を絞った。銃口から吐き出された三二口径ACP弾が、少年の左肩口に着弾。少年は転倒。少年の呼吸を確認しようとして、塚田は目を丸くした。少年は意識をなくし、呼吸も止まっていた。

少年は、隅田広靖という名前だった。高校を中退したばかりだったそうだ。

塚田は自分から第一線を離れた。科捜研に引きこもって裏方に徹した。

罪の意識を感じたわけでも、銃を撃つことが怖くなったわけでもなかった。ただ、整理をしたかった。

なぜ、少年は自爆テロを行うのか。

なぜ、両親は殺されないといけなかったのか。

隅田広靖を射殺したのは、心のどこかで両親の復讐を果たしたかったのではないのか。

憎しみの連鎖、という言葉がある。聞き慣れた言葉だ。法とテロとの戦いは、つまるところ報復合戦だ。いつの間にか自分がその連鎖に加わっていたことに気づいて、塚田は戦慄《せんりつ》した。

決して復讐ではなく、憎しみではなく、一人の刑事として。

――次は、間違えない。

そう、固く決意して現場に復帰したはずだ。


「来るな！」と、上川直哉は怒鳴った。

二人の刑事に銃を向けられている。一人は女刑事だ。

ここで自爆はしたくなかった。成果が少なすぎる。より多くの悪を倒したものだけが天国にいける。第一、キャンプで知り合った友人たちに顔向けできない。

だが、撃たれたらそこまでだ。

直哉の額から生じた汗が、目にしみた。自爆ベルトの重さは自分の命の重さだ。こんなに重いとは思っていなかった。少し走っただけで心臓が破裂しそうだ。地下鉄の入り口まであと少し。しかし、下手に動けば刑事たちは引き金を引くだろう。

だが、女刑事は予想外の行動をとった。

直哉は、何度か瞬きをした。一瞬、目の前で何が起きたのか理解できなかった。

「ごめん、話をしよう」

女刑事が、拳銃を投げ捨てたのだ。

「子供と話をするときに銃はいらない。たぶん、最初からこうするべきだった。あのとき――隅田広靖のときも、きっとこうするべきだった」

女刑事は言った。隅田広靖と言われても直哉はそんな男のことは知らない。

「まずは、君の名前を教えてほしい」と、女刑事はジャケットを脱ぎ、ホルスターや予備弾倉がセットされた防弾ベストも外した。完全に丸腰に見えた。女刑事の相棒らしき男の刑事が、ひどく慌てた調子で「何をしているんですか！」と叫んでいた。男の刑事の声が、直哉には遠くの雷のように聞こえた。

「家族の話でも聞かせてよ」

女刑事が家族という言葉を口にした。

直哉は母の姿を思い出す。――そうだ、母だ。

直哉が死んだあと、母は浪川たちが世話をしてくれるはずだった。しかし、おそらく浪川はもうこの世にはいない。残された母はどうなるのか。

母を見捨てて、自分だけ天国にいけるはずがない。

女刑事が、ゆっくりと直哉に歩み寄ってきた。

「もう、やめよう。爆弾と一緒じゃ、どこにもいけないよ」

そう言って、女刑事は目を細めて微笑んだ。その微笑みは、母がまだ元気だった頃を思い出させてくれた。直哉にとって一番楽しかった日々を思い出させてくれた。ここ最近自分が何をやってきたのかさっぱりわからなくなって、直哉は助けを求めて女刑事に抱きついた。女刑事はしっかりと抱き返してきた。

爆弾処理班が到着した。直哉はもう抵抗しなかった。

エピローグ

突入から一週間が過ぎた。

犯罪者とはいえ多数の死者を出し、マスコミは一斉に警察を叩いた。政府は表向きは国民に対して低姿勢で総理大臣もカメラの前で土下座しそうな勢いだったが、その裏で警視総監は直接塚田に「よくやった」と声をかけた。犯罪の質は変化しつつあり、取り締まる側のやり方も変わるべき——それが警察の総意なのだ。

「犯罪の質は、変わっていますか？」

そう言った足利一誠は、ベッドの近くに設置された小型の液晶テレビを見ていた。液晶テレビの下には回転式の台座があって、ベッドの上にいる人間が見やすくなるよう調整が可能になっている。

ここは警察病院の入院患者用個室だ。

「何もかもが、変わっていないように見えてゆっくりと変わっている」

ベッドに寝転がったまま、塚田は答えた。

足利はテレビを見ながら塚田のためにリンゴの皮をむいている。

塚田は防弾ベスト越しに銃弾を食らい、骨にヒビを入れられた。上川直哉を確保した塚田は、応援が到着後すぐに警察病院に救急車で運ばれた。

傷はサポーターさえつけていれば日常生活には支障がないほど快復していたが、マスコミ対策もあるので塚田は少し長い入院をすることになった。マスコミには「捜査官が一人、テロリストたちの猛烈な反撃を受けて重傷」と発表されていた。

「数字だけ見ると、社会は何も変わっていないように見える」塚田は続ける。「でも、それはあくまで数字の話。たとえば野球で二試合行われていたとして、結果どちらも二対一で終わったとする。数字上は『同じ試合』ということになるけど、観客や選手にとってそんなことはありえない。重要なのは数字じゃなくて内容」

「選手は試合内容に合わせて変化するべき？」

「ルールが変われば、対応するしかないでしょう。海外の武装勢力がツイッター上でプロパガンダ合戦を繰り広げて、動画サイトに日本人の処刑風景をアップロードする時代に、警察が変わらないでいいわけがない。いや、警察に限らず――この国が」

ところで、と塚田は話題を変えた。

「渡会さんが自殺したって?」

「はい。驚きましたよ」

これはあとでわかったことだが、武捜係に内通者の松永千夏を推薦したのは渡会警視だった。塚田への執拗《しつよう》すぎる追及は、テロリストとともに仕組んだ可能性が高まった。渡会への極秘捜査が開始された途端、彼は自宅で首を吊って死んだ。

「テロリストと何かつながりがあったんでしょうか?」

「あったとしても、死人に口なし」

足利の問いに、塚田はそっけない答えを返した。

「湧井さんも京神会の話はしてた……でも、センセイがからんできたら今の私たちにやれることは少ない」

塚田の目は、テレビでも足利でもなく、もっと遠くを見据えていた。これから起きる事件のことを、そのとき自分がどうすればいいかを考えはじめている。足利は、遠くまで見通す塚田の目が好きだった。

——まだ、足利一誠と塚田志士子が中学生だった頃。

足利は大病院の御曹司だった。

ある程度一般の社会から隔離された小世界と言える学校生活において、御曹司というポジションは取り巻きがつくかいじめられるかのどちらかしかない。無愛想で、無口で、人を見下すところのあった足利は後者だった。暴走族と付き合いのある不良に目をつけられて、足利は日常的に暴力にさらされていた。足利はケンカは強かったが、とにかく人数が違った。下手に抵抗したぶん、状況はさらに悪化していった。突然バットで後頭部を殴られて、気がついたら服が奪われていたということもよくあった。それでも学校に通わなくなると、暴君のような父に何をされるかわからなかった。父は有能な医師だったが、子供に暴力を振るうことをためらわなかった。家でも学校でも足利は暴力に怯えた。しかし、転校すると、ある女子に会えなくなる可能性があった。

その日、足利は学校の男子トイレに連れ込まれた。何をされるのかと思ったら、いきなり金属バットで殴られた。頭を殴られて朦朧としているところを三人に押さえつけられて両手を麻縄で縛られた。

足利に目をつけた不良グループのリーダーは黒井《くろい》と言った。中学生のくせにヘビースモーカーだ。やたら歯並びが悪く、タバコの煙が歯の隙間から漏れそうだった。足利が通っていた学校の教師たちは、ヤクザや暴走族とつながりがある黒井のことを恐れて校内で何をやってもほぼ黙認していた。仮に足利が自殺しても、学校側は「いじめの事実は確認できなかった」と発表するだろう。

「今日はお前にマジでクソを食わせる」

そう言って、黒井は笑った。何がおかしいのか足利にはわからなかった。

足利は中学生だったが、すでに人生のいろいろなことに諦めを感じはじめていた。年をとるとは、きっと諦めていくということだ。今日も黒井にグロテスクな行為をやらされて、自分はまた一つ何かを諦める。

そんなことを考えていたら、男子トイレに女子が入ってきた。

塚田志士子だった。

「そのへんで勘弁してやってくれないかな。黒井くん」

「うるせーよ志士子、でしゃばるな」

足利は動揺した。諦めることに慣れた足利が、唯一諦められないこと。

それが彼女だった。

「頼むよ、ホント。なんでもするから」

志士子は軽く微笑しながら言ったが、内心は不安だったろう。

「じゃあさ。根性みせてくれよ」

そう言って、黒井は自分が吸っていたタバコを志士子に手渡した。

「……これを？」

「どこでもいいから、皮膚に直接押し付けろ。悲鳴あげたらアウトな」

志士子がそこまでする必要はどこにもなかった。だが――、

「あ、そんなんでいいの？」

志士子は、ほんの少しも迷わず、自分の右手首にタバコの火を押し付けた。

「ジュッ」と肉と皮膚の焼ける音。そして臭い。

自分の体を焼く間、志士子はずっと微笑んでいた。悲鳴どころか、うめき声一つ漏らさない。

「合格だよね」完全に火が消えたところで、志士子はタバコを床に捨てた。「いこっか、一誠」

黒井たちが驚いている間に、志士子は足利をトイレから連れ出した。金属バットで殴られたダメージから回復していない足利は、仕方なく志士子の肩を借りて歩く。恥ずかしいというより、ただひたすら志士子に申し訳なかった。一生かかっても返せない借りができた。志士子はいつもこうだ。足利だけではない。志士子は、助けを求めている人間を放っておかない。

「……痛くないか？」

「へへー、すげー痛い」

志士子はまだ笑っていた。

この笑顔を一生忘れない、と足利は思った。


——あれから、長い時間が過ぎた。

一週間前。ドアが倒れてきて、足利は下敷きになった。

次の瞬間、間近で殴りあいのような銃撃戦が行われた。

塚田志士子のＳＩＧと、浪川のベレッタ。

足利が自分の上に乗っていたドアを跳ね除け、銃を構え直したときには、二人の対決はすでに終わっていた。発砲後の硝煙が、霧のようにたちこめていた。硝煙の向こう側に彼女がいた。塚田は防弾ベストに食らった衝撃で意識を失っていた。足利は狼《ろう》狽《ばい》した。守りきれなかった。防弾ベスト越しの衝撃だけで死んだ例もある。

「塚田警部！　塚田さん！」

彼女は寝言のような口調で「大丈夫……」と答えた。

まだ目は覚まさないが、足利は少しだけ安心した。

足利は周囲を警戒し、近くに敵がいないことを確認してから塚田を両手で抱え上げた。気を失っているのに、弾丸が切れたＳＩＧを握り締めたまま離そうとしない。

彼女のあだ名は、鉄砲塚。銃とセックスする女。本当にあだ名どおりの女性だ。

「……死なないでください」

塚田が気を失っているうちに、足利はそっとささやいた。

「あなたがいなくなったら、生きていけない気がする」

塚田志士子の生き方は、まるで魚雷だ。深く潜って、獲物を探す。

足利は、息が続くかぎり彼女についていく。

本書は、二〇〇九年二月にエンターブレインから刊行された『硝煙の向こう側に彼女』を加筆訂正し、『硝煙の向こう側に彼女　武装強行犯捜査・塚田志士子』と改題いたしました。

|著者| 深見 真　1977年生まれ、熊本県出身。2000年、第1回富士見ヤングミステリー大賞受賞作『戦う少女と残酷な少年　ブロークン・フィスト』（富士見ミステリー文庫）でデビュー。'02年には『アフリカン・ゲーム・カートリッジズ』（角川文庫）でカドカワエンタテインメントNEXT賞を受賞。著書には『猟犬　特殊犯捜査・呉内冴絵』（講談社文庫）、『ブラッドバス』（徳間書店）、『小説 PSYCHO-PASS』（マッグガーデン）、シリーズ作品『ヤングガン・カルナバル』（トクマ・ノベルズEdge）などがある。一般小説、ライトノベル、マンガ原作など多方面で才能を発揮するアクション・ミステリー作家。

硝煙《しょうえん》の向《む》こう側《がわ》に彼女《かのじょ》　武装《ぶそう》強行犯《きょうこうはん》捜査《そうさ》・塚田《つかだ》志士子《ししこ》

深見《ふかみ》 真《まこと》

講談社文庫

定価はカバーに
表示してあります

2013年5月15日第1刷発行

発行者――鈴木　哲
発行所――株式会社　講談社
東京都文京区音羽2-12-21　〒112-8001
電話　出版部（03）5395-3510
　　　販売部（03）5395-5817
　　　業務部（03）5395-3615

デザイン―菊地信義
本文データ制作―講談社デジタル製作部
印刷―――豊国印刷株式会社
製本―――株式会社若林製本工場

Printed in Japan

ISBN978-4-06-277515-1

講談社文庫刊行の辞

二十一世紀の到来を目睫に望みながら、われわれはいま、人類史上かつて例を見ない巨大な転換期をむかえようとしている。

世界も、日本も、激動の予兆に対する期待とおののきを内に蔵して、未知の時代に歩み入ろうとしている。このときにあたり、創業の人野間清治の「ナショナル・エデュケイター」への志を現代に甦らせようと意図して、われわれはここに古今の文芸作品はいうまでもなく、ひろく人文・社会・自然の諸科学から東西の名著を網羅する、新しい綜合文庫の発刊を決意した。

激動の転換期はまた断絶の時代である。われわれは戦後二十五年間の出版文化のありかたへの深い反省をこめて、この断絶の時代にあえて人間的な持続を求めようとする。いたずらに浮薄な商業主義のあだ花を追い求めることなく、長期にわたって良書に生命をあたえようとつとめるところにしか、今後の出版文化の真の繁栄はあり得ないと信じるからである。

同時にわれわれはこの綜合文庫の刊行を通じて、人文・社会・自然の諸科学が、結局人間の学にほかならないことを立証しようと願っている。かつて知識とは、「汝自身を知る」ことにつきていた。現代社会の瑣末な情報の氾濫のなかから、力強い知識の源泉を掘り起し、技術文明のただなかに、生きた人間の姿を復活させること。それこそわれわれの切なる希求である。

われわれは権威に盲従せず、俗流に媚びることなく、渾然一体となって日本の「草の根」をかたちづくる若く新しい世代の人々に、心をこめてこの新しい綜合文庫をおくり届けたい。それは知識の泉であるとともに感受性のふるさとであり、もっとも有機的に組織され、社会に開かれた万人のための大学をめざしている。大方の支援と協力を衷心より切望してやまない。

一九七一年七月

野間省一

この作品は二〇一〇年五月新潮社より刊行された。

月《つき》の恋《こい》人《びと》

—Moon Lovers—

新潮文庫　み－40－4

平成二十五年三月一日発行

著者　道《みち》尾《お》秀《しゅう》介《すけ》

発行者　佐藤隆信

発行所　株式会社新潮社

郵便番号　一六二－八七一一
東京都新宿区矢来町七一
電話　編集部(〇三)三二六六－五四四〇
　　　読者係(〇三)三二六六－五一一一
http://www.shinchosha.co.jp

価格はカバーに表示してあります。

乱丁・落丁本は、ご面倒ですが小社読者係宛ご送付ください。送料小社負担にてお取替えいたします。

印刷・株式会社光邦　製本・憲専堂製本株式会社

ISBN978-4-10-135554-2 C0193